풍 경

풍경

© 강위수 2013

초판 1쇄 인쇄일 · 2013년 8월 23일
초판 1쇄 발행일 · 2013년 8월 31일

지은이 ㅣ 강위수
펴낸이 ㅣ 노정자
펴낸곳 ㅣ 도서출판 고요아침
편집장 ㅣ 이세훈
편   집 ㅣ 김상훈

출판등록 2002년 8월 1일 제 1-3094호
120-814 서울시 서대문구 증가로 29길 12-27 102호(북가좌동, 동화빌라)
전   화 ㅣ 02-302-3194~5
팩   스 ㅣ 02-302-3198
E-mail ㅣ goyoachim@hanmail.net
홈페이지 ㅣ www.goyoachim.com
인터넷몰 ㅣ www.dabook.net

ISBN 978-89-6039-539-8 (03810)

글·사진 강위수

풍경

고요아침

1995년 7월 프랑스 몽마르뜨 언덕의 그림 노점상

1900년대 구한말 대한제국 정부가 발부한 여권으로 한국민 100여 명이 첫 이민선을 타고 미국 하와이의 사탕수수 농장에 도착한 것은 1903년 1월. 하루 열 시간 중노동과 저임금에 시달리던 한국 이민자들은 하나둘 미국 본토로 떠나 그중 캘리포니아 농업도시 '리들리'에 한국민 촌이 형성되고, 1938년 한인 교회가 설립되었다. 한 때 3백여 명이나 되던 한인촌은 불경기로 쇄락의 길을 걸어오다가 한인 최초의 교회가 스페인계 교파로 넘어가 이제는 우리말 노래 대신 스페인어 찬송가 소리가 흘러나온다고 한다.

나는 자신에게서 무엇인가 찾으려 끝없이 방황하는 유랑인의 체취같은 것을 느끼는 때가 있다.

나의 고향, 지금은 휴전선 완충지대 지뢰밭 잡초 속에 묻혀 있는 판문점 근처 장단長端의 시골마을, 그곳에 살던 어릴 적 일화가 기억에 남는다. 초등학교 4학년 때든가 나는 우리 동네에서 십오 리나 떨어진 '덕물산'이란 데에 탐험을 나선 일이 있었다. 그날 늦게까지 돌아오지 않자 온 동네 사람들이 찾아나서는 일대 사건을 벌인 적도 있었다.

젊은 시절 나의 산행 대상은 설악산, 지리산 등 유명한 산 위주였으나, 차츰 일반에 알려지지 않은 산도 찾아다니게 되었고, 얼마 전부터는 여행 목표가 등산이 아닌 사찰이나 성터 등의 역사 유적, 그리고 알려지지 않은 한촌 등으로 다양하게 바뀌어졌다.

60년대 중반부터 시작된 나의 직장생활에서 내가 하는 일은 홍보용 영상작품을 만드는 일이었다. 그래서 작품 소재 발굴을 위한 답사에서부터 현지촬영 등 여기저기 나다니며 하는 일이 대부분이었다.

이 와중에서 나는 사라져가는 우리 민속물을 영상에 담는 취향을 지니게 되어서 초가집, 장독대, 솟대, 서낭당, 물레방아 등 70년대 전후 나만의 원색사진Slide을 보유할 수 있게 된다.

그동안 나는 국내외로 많은 곳을 가 보았다. 그리고 길 떠날 때마다 반드시 챙겨가는 3대의 카메라Asahi pentax, Nikon, Hasslblad로 버릇처럼 다녀온 곳의 인상적인 현장을 영상기록으로 남겨왔다. 그것이 글과 사진을 곁드린 '풍경'을 펴내는 계기가 된다.

| 차례 |

■ 작가의 말 _ 7

제1부 우리 것의 숨결

제1부
우리 것의
숨결

장독대

한겨울 어느 날, 추위를 몰고 휘몰아치던 삭풍이 잠들고 유난히 적막감을 자아내던 긴 겨울밤을 지낸 다음날의 아침 정경을 잊을 수가 없다.

들창을 열고 내다 본 뒤울안은 세상이 온통 뒤바뀐 것 같은 별세계였다. 뒤울안 토담 밑에는 크고 작은 독과 항아리들이 옹기종기 모여 앉은 장독대가 있었다. 밤새 내린 함박눈에 덮여 백색의 유연한 굴곡을 이룬 장독대는 너무나 평온하고 아름다운 모습이어서 오래도록 기억에 남는다.

장독대에는 함박눈의 추억만이 있는 것은 아니다. 봄이면 장독대 돌 틈에 뿌리를 내린 민들레가 철 이른 꽃망울을 내밀고, 쓰르라미 소리와 맨드라미 꽃이 어우러지던 한여름을 지내고, 장독 위 곳곳에 빠알간 고추를 널어 말리는 가을철로 접어들면 고추잠자리가 해 바라기를 하며 쉬어가는 곳도 그곳이다.

장독대, 중장년층의 우리나라 사람치고 그곳에 얽힌 추억을 지니고 있지 않은 사람은 드물 것이다. 장을 담은 갖가지 옹기를 한데 모아 두는 곳이 장독대다.

우리 조상은 장독대를 소중히 여겨 특별한 애정과 정성으로 그곳을 관리했다. 대개 부엌과 가까운 뒤뜰 높직한 위치에 돌로 단을 쌓아 만들어진 그곳에는 용도에 따른 여러 종류의 옹기들을 크기별로 균형 있게 배열하는데, 집안에서 가장 통풍이 잘되고 양지 바른 곳에 자리를 잡는다.

　우리의 할머니들이나 어머니들은 장독대의 터가 좋고 잘 정리되어 있어야 집안이 번성한다고 믿었다. 그래서 항상 윤이 나게 장독을 닦고 그 주변에 화초를 가꾸었으며 벌레나 부정한 것이 범접을 못하게 정갈히 갈무리했다.

　우리에게 장독대가 상징하는 의미는 깊다. 새벽바다 정안수를 떠 놓고 집안의 안녕과 복을 비는 곳도 그곳이고, 고사를 지내거나 민속신앙의 상징물인 터주가리를 만들어 놓는 곳도 장독대 주변이다. 아들 장가 보낼 집에서는 먼저 며느릿감 집안의 장독대를 보고서야 혼사를 성사시킬 정도였다.

우리 고유의 옹기문화

우리는 아주 오래전부터 장류나 김치 같은 우리 고유의 발효식품을 만들어 먹어왔다.
동서양을 막론하고 식품 갈무리는 건조나 열처리하는 것이 대부분이다. 그러나 된장, 간장, 김치, 젓갈류

등의 우리 전통식품은 미생물을 이용해서 발효시킨다. 그래서 식품의 본질을 파괴하지 않고 그대로 유지하는 가장 독특하고 뛰어난 식품이다.

이러한 우리의 고유한 식품을 담아서 발효시키고 보관하는데 사용하는 그릇이 바로 옹기인 것이다. 우리의 발효식품이 국제적으로 인정받는 것은 식품저장 능력이 우수한 옹기가 있었기 때문이다.

음식 맛은 장독에서 나온다는 이야기가 있을 정도로 장맛은 그 집 음식 맛의 기준이 된다. 그래서 우리의 어머니와 할머니들은 장 담기에는 세심한 배려와 정성을 쏟는다. 가령 장을 담을 독은 오뉴월에 만든 독은 사지 않는다. 습기가 많은 장마철이기 때문에 옹기가마에서 아무리 고온으로 구어내도 질이 떨어지는 쉰 독이 만들어진다는 것이다. 이러한 독의 판별 방법은 색깔과 무게, 두드려 보는 것으로 알 수가 있다. 장을 담그면 소금쩍이 하얗게 겉으로 배어 나오는 것이 좋은 독으로, 이러한 현상을 독이 숨을 쉰다고 한다. 이것은 자연이 지니는 오묘함으로 맛있게 곰삭아서 전통의 맛을 창출해내는 지혜가 아니겠는가…….

흙은 생명의 근원이고 우리 모두의 고향이다. 우리들의 고향 집 뒤뜰 장독대에 놓여 지던 옹기는 바로 흙의 질감이 그대로 느껴지는 흙으로 빚어 만든 흙의 문화인 것이다.

옹기로 대표되는 장독과 항아리는 흙의 질감과 완만한 곡선, 지극히 평범한 생김새로 해서 여유롭고 정이 간다. 우리 옹기는 크기와 모양이 한 가지로 규격화되지 않는다. 지방마다 생김새가 다르고, 쓰임새에 따라 크기와 형태가 각각이다. 또한 그것을 만드는 옹기장이의 솜씨와 기분에 따라 다른 모양이 만들어 진다.

우리 조상이 오랫동안 사용해온 질그릇과 오지그릇에는 자연을 거스르지 않고 순리대로 살아가는 품성과 순박함이 엿보인다. 그러나 이제 이러한 우리 옹기문화도 개화와 현대화의 물결을 탄 외래문물에 밀려서 훼손되고 파괴되어 그 실체를 잃어버리는 참담한 위기에 처하게 된다.

특히 우리의 가옥에서 장독대가 헐려지고 옹기그릇의 폐기가 더욱 가속화된 것은 70년대 초부터 일기 시작된 새마을운동이다. 가난의 상징인 초가집을 이 땅에서 몰아내자는 환경개선운동으로 시작된 이 운동은 불과 삼사 년 만에 볏짚과 나무 흙으로 지어진 우리의 모든 전래가옥을 시멘트 중심의 주택으로 바꾸어 놓는 변혁을 가져온다.

이 와중에 다시 수난을 당하는 것이 우리의 전통 생활용구였다. 개량용기에 자리를 비켜주고 빈자리가 늘던 장독대가 헐려 나가고, 아파트 입주가정에서는 김칫독, 된장, 고추장 항아리마저 길거리로 내던져 진다.

초가집 뒤울안의 황토색 토담을 낀 양지쪽에 자리 잡은 우리의 장독대, 그 위에 키순대로 옹기종기 모여 앉은 큰독, 작은 독, 오지항아리…….

우리 선인들의 숨결이 밴 그것들은 유연한 굴곡의 산자락과 바람과 구름과…… 주변 환경이 조화되고 자연과 어울리는 특성을 지닌다.

각지고 모난 데 없는 우리의 옹기문화에는 자연을 거스르지 않고 순리대로 살아가는 우리 선인들의 심성과 정서가 깃들어 있다. 그러나 이제 우리의 전통문화는 빛을 잃고 사라져 가고 있다.

시멘트 밀림 속에서 자동차가 뿜어내는 매연을 마시며 매일 대하게 되는 보도매체에서는 서울 하늘을 덮은 스모그만큼이나 우울한 소식뿐이다. 중학생들이 포르노 영상물을 만들고, 자식이 부모를 거리로 내쫓고,

빚을 갚기 위하여 어린이를 유괴하여 살해하는 비정함이 자행되는가 하면, 많이 배우고 높은 자리에 있는 누구는 거액의 뇌물을 먹고, 누구는 또 나쁜 짓과 몰염치한 짓을 했다는…….

지극히 평범하면서도 모든 것을 포용하는 여유를 풍기는 옹기처럼 살아 온 우리 선인들에게는 어른 공경하고 이웃끼리 서로 도우며 오순도순 살아가는 정이 있었고, 의를 지키고 부정을 삼가는 선비정신이 있었다.

우리는 그동안 물질적인 풍요만을 쫓아 허겁지겁 살아왔다. 그래서 우리 문화에 바탕을 둔 인성교육을 소홀히 할 수밖에 없었다.

우리는 지금 우리 고유의 전통과 문화, 자연을 훼손하고 잃어버린 데서 오는 문화결핍증의 심한 몸살을 앓고 있는 것이다.

보리밭 종달이

내가 좋아하는 한국 가곡의 하나는 박화목 시에 작곡가 윤용하가 곡을 입힌 〈보리밭〉이다. 봄이 오는 길목에서 보리밭 사이 길을 걷다가 문득 발길을 멈추게 하는 선율, 그것은 초록 물결이 일렁이는 동심이기도 하고 가슴을 불태우던 젊은 날의 환상이기도 하다. 그래서 발길을 멈추고 뒤돌아보기도 하지만 그 소리의 실체는 아무것도 없고 석양에 노을 진 빈 하늘만이 가득하다.

보리밭 사잇길로

걸어가면

뉘이 부르는 소리 있어

나를 멈춘다

옛 생각이 외로워

휘파람 불면 고운 노래

귓가에 들려 온다

돌아보면 아무도

보이지 않고

저녁노을 진 하늘만

눈에 차누나

보리밭, 그 소박하고 아름다운 선율의 서정적인 곡을 만든 윤용하, 그의 생애는 40대 초반에 세 들어 사는 단칸방 판잣집에서 아사 상태로 이승을 마감했을 정도로 비참했다고 한다. 하지만 그는 평생을 가난하게 살면서도 신앙심과 순수성을 잃지 않았던 예술인이었다. 그래서 그의 음악 〈보리밭〉은 더욱 서정적이고 애절한 느낌으로 우리에게 와 닿는지도 모른다.

한겨울 얼어붙었던 들판이 연녹색으로 물들여지는 봄이 오면 들녘에 나와 보리밭 두렁길을 내달리고 싶은 마음이 발동하던 오래전 유년 시절의 기억이 떠오른다. 그것은 보리밭 들판에 울려 퍼지는 종달새 노래 소리로부터 비롯된다. 종달이, 노고지리로 불려지기도 하지만 나에게는 종달이로 기억되는 그 새는 추위가 가시고 산천초목이 연두색의 봄옷을 갈아입는 산란기가 다가오면 구애의 노랫소리가 요란하다. 아지랑이 엷게 깔린 봄 하늘에 한 점 티끌처럼 높이 떠서 짝을 찾아 우짖는 그 작은 새의 노랫소리가 온 들판의 드넓은 공간을 가득 채울 수 있단 말인가……. 그러나 이제 우리 주변에서는 보리밭도 보기 어렵고 더욱이 종달이는 그런 새가 이 땅에 있었을까 할 정도로 자취를 감추었다.

나는 월여 전에도 내가 태어나 어린 시절을 보낸 고향 마을을 건너다 볼 수 있는 도랍산(도라고지) 전망대를 찾았다. 남북 분단의 현장인 그곳은 현재 내가 기거하고 있는 파주시 법원리 두루뫼박물관에서 차편으로 삼사십 분이면 갈 수 있는 지척의 거리다.

도랍산, 내가 기억하는 그 산의 명칭은 도라산이 아니고 도랍산이었다. 내가 태어나서 6·25 전쟁이 나기까지 살았던 사천내(사천강)변 '두루뫼' 마을에서 남쪽으로 건너다보이던 산봉우리, 그 아래쪽으로 군청과

면사무소가 있는 장단군소재지가 자리를 잡았다. 거기 내 다니던 장단초등학교에서 늘 접해야 했던 산봉우리는 도라산이 아니고 분명히 도랍산이었다. 혹시 너무 오래전이어서 내가 잘못 기억하고 있는지도 모른다는 생각에서 우리 박물관을 찾아오는 나이 든 고향사람이 있다면 문의를 해보지만 모두가 '도랍산'이었다. 이제 세계적인 고유명사가 된 '판문점'과 함께 분단국의 상징물로 떠오르는 도라(도랍)산도 명칭의 오류가 있다면 바로 잡아야 하지 않을까…….

도랍산 정상 그곳에서는 남북을 갈라놓은 군사분계선의 철책과 그 건너편 북쪽의 산야풍경이 한눈에 들어온다.

북편으로 내려다보이는 구릉과 들판 이곳저곳을 눈길로 더듬으며 그 옛날의 고향 마을을 떠올린다.

구릉처럼 야트막한 산줄기가 감싸 안듯 둘러 있어서 '두루뫼(周山)'로 불려지게 되었다는 동네 한가운데에는 큰 느티나무가 서 있었다. 마을 어귀 방앗간을 지나면 오리길 초등학교를 오가는 길목에 대장간과 솥전이 있었던 두루뫼.

마을에서 산자락 텃밭을 끼고 마을입구에 외롭게 자리 잡았던 우리 집 주변에는 곳곳에 민들레, 할미꽃, 산나리 등의 야생화가 흐드러지게 피어났다.

두루뫼 뒤편으로 멀리 보이는 산줄기, 그러나 지금은 북한의 군 요새가 되어 있을 덕물산, 노적산, 천덕산이 윤곽을 나타내고, 그 앞으로 펼쳐진 들판을 가로질러 흐르는 임진강의 지류 사천내(사천강)가 희미하게나마 예전 모습을 보이고 있으나 두루뫼 마을의 흔적은 어디에고 드러나지 않는다.

하얀 모래사장을 끼고 흐르는 임진강의 지류, 사천내 주변은 내 어린 시절의 놀이터였다. 노고지리 지지배배……. 종달이 소리가 들판을 가득 메우고, 사천내 주변에 심은 밀과 보리가 한 자쯤 자랄 무렵이면 종달이 둥우리를 찾으러 밭고랑을 누비고 다녔다. 당시 우리 동네에는 종달이를 조롱에 넣어 키우는 이웃 노인

이 있었고, 나도 그 귀여운 새를 길러보는 것이 소원이었다. 그러자면 새끼 친 둥우리를 찾아 어린 새를 잡아다 기워야 하는데 그 일이 쉽지 않았다.

어른들의 눈을 속여 학교까지 결석하고 들판을 헤매이던 나는 드디어 밭이랑 잡초 사이에 숨겨진 종달이 둥우리를 찾는데 성공했다. 그러나 오글오글 다섯 마리나 되는 새끼들은 아직 털도 나지 않은 어린것들이어서 어미 새가 더 키운 다음에 가져오기로 하고 그냥 돌아왔다.

다음 날부터 나는 학교에서 돌아오기 무섭게 책가방을 내던지고 보리밭으로 달려 나가 새 둥우리를 확인하는 것이 일과였다. 종달이 새끼들은 하루가 다르게 잿빛털이 돋아나고 어미 새의 모습을 갖추어갔다. 이제는 그만 가져다가 길러도 되겠다 싶은 어느 날 둥우리의 새끼 종달이가 모두 없어 진 것을 발견하고 크게 실망했다.

이후 나는 종달이를 키워 보려던 어릴 적부터의 소망을 이루지 못했다. 어쩌다 유년 시절의 고향이 생각나면 화창한 봄날 아지랑이 낀 하늘을 가득 채우는 종달이의 노랫소리만 귓가에 맴돌 뿐이다.

도랍산 전망대에서 잡초 무성한 구릉지로 변모한 두루뫼 고향 마을을 향하고 있던 나는 연녹색으로 물들어지기 시작하는 들녘의 하늘로 눈길을 돌린다. 그리고 혹시나 종달이 소리를 들를 수 있을지 모른다는 생각으로 귀를 기우린다. 그러나 사위는 너무나 조용하였다. 그래서 그냥 발길을 돌리려는 순간 가곡 〈보리밭〉의 마지막 음절이 환청처럼 떠오른다.

돌아보면 아무도
보이지 않고
저녁노을 진 하늘만
눈에 차누나

징검다리

인류문명의 발상지가 강을 끼고 형성된 것처럼 사람이 살고 마을이 들어앉은 곳에는 으레 그 주변에 크든 작든 간에 내(川)가 흐른다. 그리고 내가 있는 곳이면 내를 가로지르는 징검다리나 통나무 다리가 만들어진다.

어릴 적 살던 내 고향 마을에도 실개천이 흐르고, 징검다리와 외나무다리가 놓아져서 외부로 오가는 지름길이 되었다. 비가 많이 와서 징검다리가 물에 잠기면 그 위에 걸쳐놓은 통나무 외나무 다리를 곡예하듯 건너 학교에 오가야만 했다.

우리 집 가까이에 있는 징검다리 아래쪽으로 작은 소가 있었고 그 주변은 아이들의 놀이터였다.

여름이면 물장구치고 미역 감다가 물고기를 쫓는 물놀이로 하루해를 보내는 곳도 그곳이며, 한겨울에는 얼어붙은 냇바닥에서 팽이치고 썰매를 타는 겨울놀이가 이어졌다. 징검다리 주변은 아이들의 놀이터만이 아니다. 동네 엄마와 누나들이 채소를 다듬어 씻고 빨래하는 일터도 그곳이다.

빨래방망이 두드리는 소리와 웃음소리, 동네 여인들이 징검다리 냇가에 터를 잡으면 부산하고 소란스러워진다. 그럴 때면 아이들도 덩달아 신이나 모여든다. 그리고 조약돌을 던져 넣는 물수제비를 뜬다. 물을 흐려 놓는다고 꾸지람을 들으면서도 아이들은 심통 부리듯 짓궂은 그 놀이를 멈추지 않는다.

— 윤석중 작사, 홍난파 작곡 동요에서

그러나 모두가 옛이야기, 이제는 우리 주변에서 징검다리, 외나무다리도 찾아볼 수 없고 냇물에 채소를 씻고 빨래하는 모습도 옛 추억으로만 남아 있다.

이십여 년 전 〈징검다리〉라는 제목의 교육 영화제작에 대본을 쓰고 연출을 맡아 한 적이 있었다. 청소년에게 근검절약 정신을 심어주기 위한 극 구성으로 만들어진 이 영화에서는 제목 그대로 징검다리가 필요했다. 그러나 이미 그 당시에도 마땅한 것을 찾을 수 없어, 적당한 장소를 물색하여 옛날 모습의 징검다리를 만들 수밖에 없었다.

서울 북방, 파주 광탄과 양주 접경지역을 흐르는 냇물에 위치를 정하고 인부를 사고 경운기를 동원해서 이틀간의 작업 끝에 만들어 놓은 징검다리는 아주 그럴듯했다. 느티나무가 세 그루 선 냇둑에는 멀리 보이는

건너편 마을로 농로가 연결되어 징검다리는 옛날부터 그 자리에 있던 것처럼 자연스럽고 잘 어울려 보였다.

  촬영을 마친 후 나는 이 괜찮은 징검다리를 배경으로 하는 가족사진을 찍기 위해 아이들과 함께 다시 이곳을 찾았다. 내 건너편 느티나무 아래에는 우리보다 먼저 온 가족이 자리를 잡았고, 사진을 찍는 젊은 커플도 보였다. 영화를 찍기 위해 만들어 놓은 징검다리지만 아주 적절한 장소에 잘 만들어 놓았다는 생각이 들었다. 그러나 그날은 날씨가 흐려 나중에 다시 오기로 작정하고 아쉽게도 그냥 돌아왔다.

  몇 주 후 일요일은 쾌청한 날씨였다. 이미 다녀온 곳이라 가기 싫다는 아이들을 채근해서 다시 이곳을 찾았다. 그러나 그곳에는 놀라운 변화가 있었다. 그 징검다리의 돌들은 흔적도 없이 말끔히 치워진 것이다.

  이 글을 쓰면서 그때의 징검다리 주변은 또 어떤 모습일까 하는 호기심이 발동했다. 겨울비가 내리는 궂은 날씨였으나 나는 다시 그곳을 찾았다. 이십여 년 만에 다시 찾은 그때의 징검다리 주변은 더욱 몰라보게 달라져 있었다. 징검다리 자리에는 육중한 시멘트 다리가 올라앉아 있고 냇둑은 석축으로 둘러져 있었으며, 여기 저기 모텔과 음식점 건물이 들어서 있다. 둔덕에 선 잎 떨어진 세 그루의 느티나무가 아니었다면 그곳은 전혀 가늠하지도 못할 만큼 다른 모습을 하고 있었다.

1900년대 말 경기북부 지역에 폭우가 쏟아져 여러 명의 인명 피해가 발생한 장소는 교량이나 도로변, 하천 주변 등 한결 같이 사람의 손이 간 곳이라고 하지 않았던가. 빙하기 이래 수천만 년에 걸쳐 생성된 하천의 흐름, 자연의 흐름을 훼손한 데서 온 재앙일 수도 있지 않을까. 자연석의 아귀를 맞춘 석축을 쌓아 둑을 만들고 하천의 흐름을 직선화한 것은, 나름대로의 미관을 감안한 하천정비사업 추진으로 이루어진 결과이겠으나, 내 시각으로는 더 나아 보이지도 않았고 그 효율성에도 의문이 갔다. 개발의 명분을 탄 난개발의 일단을 보는 기분으로 발길을 돌리는 내 마음은 눈 대신 비를 뿌리는 겨울하늘만큼이나 울적한 것이었다.

최근 나는 연세대학교 영상대학원에서 후학을 가르치고 있는 연극인 표재순 교수와 오랜만에 자리를 함께 하는 시간을 가졌다. 80년대 전후 새마을 행진곡을 울리며 초가지붕이 벗겨지고 토담이 헐리는 변혁이 일고 있을 때, 그는 MBC에서 〈새아씨〉 등 향토색 짙은 TV극을 연출하고 있는 터여서 수시로 나에게 옛날을 재현할 수 있는 장소를 문의해 오곤 했었다.
펙 오랜만의 해후였지만 표 교수는 농처럼 그때를 상기시켰다.
"아직도 숨겨둔 옛 곳이 남아 있소?"
"웬걸요. 벌써 바닥난 지 오랩니다."
"그 봐요. 영화다, 사진이다 계속 찍어내 돌렸으니 그것들이 온전하겠소……."
"사돈 남 말합니다. 안방극장을 휘어잡은 표 교수의 TV극에 비하면 내가 만든 영화야 몇 사람이나 보았겠습니까?"
"그럼 우리 모두는 공범이 되네."
그리고 우리는 소리내어 웃었지만, 그 웃음의 뒤끝은 공허하고 개운찮은 여운이 남는 것이었다.

이동갈비

서낭당

서낭당城隍堂은 동네 어귀나 마을 근처 고갯마루에 돌무더기를 쌓아놓은 마을공동체의 민속신앙물이다.

서낭당은 대개 서낭나무(神樹)가 선 곳에 터를 잡는데, 나뭇가지에는 색색의 헝겊을 걸어 놓거나 짚신을 걸어 놓기도 한다. 그리고 이곳을 지나가는 사람들이 안녕安寧과 복락福樂을 비는 공물供物을 뜻하는 조약돌을 던져 넣어 돌무더기가 형성되어 있다. 지방에 따라 할미당, 천왕당, 국사당 등 여러 가지 명칭으로 불려지기도 하는 그것은 우리나라 전역 어느 곳에서나 볼 수 있었지만 이제는 자취를 감추고 잊혀진 민속물이다.

얼마 전 나는 파주 적성과 양주군 북부지역 감악산 산자락에 자리 잡은 '토란골'이라는 마을을 방문한 적이 있었다. 이곳은 2십여 년 전 내가 관여했던 〈고향나들이〉라는 제목의 영화제작 때문에 가본 곳으로 동네어귀 진달래꽃이 흐드러지게 피어있던 고개 마루에는 서낭당이 있었다.

그러나 마을로 들어오는 야트막한 고개는 몰라보게 변해 있었다. 비좁고 굴곡진 길은 넓혀져 포장이 되어 있었으나 서낭당이 있던 둔덕은 그 형태만 남아 있을 뿐, 서낭나무도 없어지고 돌무더기는 그 흔적도 찾을 수 없었다.

나는 그냥 발길을 돌리려다 마음을 고쳐 둔덕으로 올라서서 서낭당 자리를 어림잡아 칙칙한 색깔의 잡초더 미를 헤집기 시작했다. 그러기를 얼마 후 서낭당 터가 분명한 잔설 덮인 돌무더기를 발견할 수 있었다.

나는 그곳에서 조약돌 한 개를 주워들고 삭막한 겨울색으로 감싸진 마을 주변으로 눈길을 돌린다. 원색 칠 을 한 전원주택 몇 채와 텃밭에 만들어진 비닐하우스가 어설픈 변모의 모습을 보이고 있으나 그 주변에는 나 다니는 사람 하나 보이지 않고 정적에 묻혀 있었다.

나는 문득 태평양 건너 먼 나라로 이민 가 살다 이십여 년 만에 고향을 방문하고 썼다는 어느 시인의 시구 가 떠올랐다.

그림 속 정적처럼 텅 빈 고향
옛날로 옛날로 더듬어 논두렁길을 걷는다.
… (중략) …
모두 어디 숨었을까
굴뚝의 저녁연기 아이를 부르는 엄마의 음성
혹 놓칠까 숨을 멈춘다.
… (중략) …
하얀 수염 흩날리며 무성한 갈대들만이

— 신하연「고향방문」중에서

어릴 적 내가 살던 고향 마을, 아래 윗마을로 갈라지는 동네 어귀인 윗고개에도 서낭당이 있었다. 어른 아이 할 것 없이 이곳을 지나는 사람들은 조약돌을 주워서 던져 넣었다. 그것은 어떤 소망을 비는 신앙이라기보다는 전래된 관습이고 장난삼아 해보는 일상적인 놀이행위이기도 했다. 그래서 서낭당이 있던 윗고개는 아이들이 모이는 장소이기도 했고, 아래 윗마을 아이들이 패를 나눠 전쟁놀이를 하는 놀이터이기도 했다.

봄철 윗고개 주변 구릉지는 진달래꽃으로 붉게 물들어졌다. 그러나 진달래가 필 무렵의 4, 5월은 양식이 떨어지는 춘궁기로 나물죽과 보리개떡으로 끼니를 때우기도 하는 배고프고 어려운 시기였다. 그래서 아이들은 진달래 꽃잎을 따 먹기 위해서 이곳에 모여들기도 하였다. 쌉쌀 달콤한 맛의 진달래 꽃잎을 먹느라 입술 주변이 검붉게 물들여지던 추억이 깃든 곳도 그곳이다.

남북분단의 접경지에서 초등학교 시절 6·25 전쟁을 겪어야 했던 내게 윗고개 서낭당은 절실한 염원을 갈구하는 신앙적인 의미로서도 존재한다. 포탄이 터지고 동네가 불타는 전쟁이 터졌을 때, 내 아버지가 동네 구장을 했다는 죄로 내무서에 잡혀가고, 수복 후는 공산치하에서 책임반장이라는 명칭으로 동네일을 보았다는 부역죄로 경찰서에 끌려갔을 때, 그리고 당시 유명을 달리한 내 동생 만수가 홍역으로 앓아 누웠을 때, 나는 윗고개 서낭당에 조약돌을 수도 없이 던져 넣었다. 그 염원의 대상은 서낭신뿐이 아니었다. 예수님, 부처님, 공자님, 덕물산 최영 장군님에게도 빌었다.

어릴 적 윗고개 서낭당에 얽힌 추억은 그런 비극적 상황의 탈출을 위한 방편으로만 국한하지 않는다.

초등학교 저학년 때 부임해 온 여자 담임선생님은 이웃에 살았다. 여름날 우리 집 가까이에 있는 예배당에서 간간히 들려오곤 하던, 그 선생님이 연주하던 풍금의 선율을 나는 잊지 못한다.

춥고 매서운 바람이 일던 어느 겨울날 함께 등교하던 선생님이 꽁꽁 언 내 손을 감싸서 녹여주었을 때, 살포시 풍겨지던 그 예쁜 선생님의 향 내음을 잊지 못한다. 그 여선생님을 위해서도 윗고개 서낭당에는 조약돌이 보태어졌다.

세월이 흐르고 노년에 이른 지금도 나는 서낭당을 발견하면 버릇처럼 조약돌을 던져 넣는다.

내가 일하는 박물관에도 야외전시물로 서낭당을 복원해 놓았다. 거기 돌무더기에도 내가 던져 넣은 조약돌이 여러 개일 터이다.

토란골 고개마루 서낭당 터에서 잠시 지난날의 회상에 잠겼던 나는 발아래서 작은 돌멩이 하나를 다시 집어 든다. 그리고 잡초 덮인 돌무더기 위로 그것을 던져 넣는다. 망각으로 묻혀 지는 그곳에 남기고 싶은 추억의 한 조각을 던져 넣는다.

이삭줍기

내가 일하고 있는 파주시 법원읍 박물관에서는 옛날 농기구를 사용하여 벼농사의 탈곡, 도정과정을 경험케 하는 체험학습 프로그램이 있다.

훑이와 그네(홀태)를 사용해서 벼이삭을 털어내고 그 벼를 디딜방아와 매통(옛 도정기구)으로 껍질을 벗겨 쌀을 만드는 도정과정을 체험시키는 일종의 현장 학습이다.

얼마 전 초등학교 저학년 학생이 단체로 찾아와서 이의 시현 지도를 요청해 와 응한 적이 있었다. 가장 원시적이랄 수 있는 '훑이'라는 옛날 탈곡용구를 설명하는 과정에서 우리 조상들은 이삭줍기로 얻어진 벼이삭을 터는데, 젓가락 같은 막대기로 벼이삭을 훑어내는 방법을 사용한다고 하자 한 아이가 질문을 던졌다.

"이삭줍기가 뭐예요?"

이삭줍기는 물론 벼이삭, 벼농사까지도 생소한 이 아이들에게 어떻게 설명해야 하나 잠시 난감해하다가

"어디 여러 어린이들 중에 이삭줍기 아는 사람 있으면 말해 봐요."

그러자 한 아이가 호기있게 손들고 답했다.

"그림 제목이어요."

"그림 제목?"

저녁노을이 깃든 수확의 들녘에서 신에게 감사기도를 드리는 〈만종〉이라는 그림으로도 유명한 프랑스의 유명화가 '밀레'의 그림 작품 제목이 이삭줍기로 알려진 〈이삭을 줍는 사람〉이니까 맞는 답이기도 하였다.

이삭줍기, 수확이 끝난 들녘에서 어쩌다 흘린 곡식의 이삭을 줍는 일의 명칭이다. 불과 3, 40년 전만 해도 가을걷이가 끝난 늦가을에서 초겨울까지 우리 농촌 들녘에서는 이삭줍기하는 사람들의 모습은 어디서나 볼 수 있었고, 그것은 우리 농촌 전래의 풍속도의 하나이기도 했다.

나는 이삭줍기를 연상하면 아주 오래 전 내 어린 시절 겪었던 추억이 떠오른다.

6·25 전쟁이 일어난 이듬해 가을, 내 어머니와 고만고만한 나이의 우리 5남매는 지금의 고양시 원당 근처 움막 같은 빈집 귀퉁이 방에서 피란살이를 하고 있었다.

지금의 원당은 아파트가 들어서고 근대적 건축물이 즐비한 현대적 도시가 된 곳이지만, 내 기억에 남아 있는 그때는 인가도 얼마 안 되는 황량한 느낌의 농촌이었다.

피란 시 가지고 온 옷가지와 패물, 양식과 바꿀 수 있는 물건은 모두 고갈돼 있던 그 당시 우리 식구가 끼니를 때우고 연명할 수 있는 방법은 추수 끝난 들판을 헤매며 땅에 떨어진 나락을 주어 모으는 이삭줍기였다.

그 이삭줍기의 대상은 벼이삭뿐이 아니고, 먹을 수 있는 것이면 무엇이든 해당되었다. 어쩌다 남은 쭉정이 수수이삭, 김장하다 버려진 빛 바랜 배추 잎과 무 잎도 그 대상이었다.

겨울로 접어드는 찬바람이 몰아치는 들녘에서 추위에 떨며 얼어서 손등이 터진 맨손을 호호 불어가며 이삭줍기를 하던 그 추억은 지울 수 없는 기억의 편린으로 남아 있는 것이다.

이제 우리 농촌 주변에서 이삭줍기가 사라진 것은 까마득하게 오래 전 일이고, 언제부터인가는 벼를 베어 타작하는 기계인 콤바인이 들어갈 수 없는 곳이나, 작황이 좋지 않은 논은 수확도 하지 않고 그냥 방치하는 예가 허다하다.

며칠 전 파주시 금촌에서 문산 천의 둑길을 따라 박물관으로 가는 길에, 수확하지 않은 벼논을 발견하고 차를 세운 적이 있었다.

논 관리를 제대로 하지 않아 잡초가 무성했지만 그런대로 고개 숙인 벼이삭이 들어찬 천여 평의 논은 수확을 포기한 듯 그대로 내버려져 있었다.

옛날 같으면 미처 거두지 못한 곡물은 참새, 종달새가 와서 쪼아 먹거나, 들쥐의 먹거리가 되기도 하겠지만, 이제 벼이삭은 그 주인과 모두에게도 버림받고 삭풍이 몰아치는 겨울의 길목에 을씨년스럽게 노출되어 있는 신세가 된 것이다.

진한 갈색 잡초 틈에 고개를 떨구고 있는 금빛의 벼이삭, 문득 그곳에 눈이 와 쌓인다면 얼마나 더 삭막하고 을씨년스러울까 하는 애처로운 느낌이 와 닿는 것이다.

우리나라는 우리가 소비하는 곡물의 70% 이상을 외국에서 수입해 먹어야 하는, 세계에서 식량 자급률이 가장 낮은 나라에 속한다. 그런데도 먹고 남아서 버리고 먹지 않고도 버리는 음식 찌꺼기를 돈으로 환산하면 천문학적 액수일 것이다.

이삭줍기, 그것은 땀흘리고 정성들여 가꾼 나락을 한 이삭 한 알이라도 소중하게 여기는 알뜰한 절약정신과 농경민족의 후예다운 숭농정신으로 이어지는 우리의 전통문화일 수도 있는 것이다.

아이들의 겨울나기

처마 끝에 달린 고드름에 겨울 볕이 머물러 영롱한 빛을 발하고 함박눈이 쌓이는 겨울철이 다가오면 아이들은 겨울 놀이 도구를 챙기기 시작한다.

얼음지치기, 연날리기, 자치기, 팽이 돌리기, 눈사람 만들기… 그러나 뭐니 뭐니 해도 우리 아이들의 대표적인 겨울놀이는 얼음지치기이다. 얼음지치기는 이즈음의 썰매, 스케이트, 스키 형태를 망라하는 빙판에서 이루어지는 미끄럼 놀이의 모두를 일컫는 명칭이랄 수 있다.

내 어렸을 때도 요즈음의 스케이트나 썰매 같은 것이 있었지만, 대부분은 나무 판자에 굵은 철사로 밑면을 단 썰매, 그리고 나무토막을 신발모양으로 대충 깎아 스케이트를 만들었다.

그러나 아이들에게 썰매나 나무스케이트 같은 놀이기구는 손재주 있는 누군가가 거들어 주지 않으면 직접 만들 수가 없었다. 그러나 설사 그것이 없다고 해도 아이들은 얼음지치기 놀이를 포기하

지 않았다. 눈이 쌓인 언덕길이나 냇가, 무논 어디든 빙판이 진 곳에는 맨몸으로 넘어지고 엉덩방아를 찧고
주저앉으면서 신나게 미끄럼을 탔다.

간밤에 소리 없이 눈이 와 쌓인 날 아침이면 누가 깨우지 않더라도 일찌감치 잠자리를 털고 나와 대문 앞
에 눈을 치운다. 그리고 장갑도 끼지 않은 맨손을 호호 불어가며 눈덩이를 굴려 만들어 놓는 눈사람 또한 빼
놓을 수 없는 아이들의 겨울놀이다. 솔가지로 수염을 붙이고 아궁이 재를 헤쳐서 골라낸 숯으로 눈을 박아
동구 밖 장승의 위엄 있고 무서운 표정을 흉내 내려고 해보지만 도무지 우스꽝스러운 어릿광대의 모습으로
만 빚어지던 그 눈사람…….

겨울 아이들에게 무엇보다 기다려지는 것은 설날이다. 설음식을 준비하느라 방아 찧고 떡치는 소리로 시
작되는 설과 대보름을 전후해서는 온 동네가 떠들썩한 잔치 분위기에 휩싸인다.

연날리기, 널뛰기, 쥐불놀이가 이루어지고 풍물놀이, 윷놀이, 씨름, 줄다리기 같은 마을행사가 있어서 아
이들의 신나는 볼거리가 된다.

또 하나 우리 아이들에게 빼놓을 수 없는 겨울 정취는 깊어 가는 겨울 밤 할머니의 옛날 얘기를 듣던 일이다.

　정지용 시인의 시구처럼 삭풍이 일던 겨울밤, 감자 고구마를 묻은 질화로에 둘러앉아 할머니의 옛날이야기를 듣던 어릴 때의 추억은 내 가슴 언저리에 아련한 그리움으로 남아 있다.

　밖에는 눈 쌓인 구릉을 휘몰아쳐 온 매서운 바람이 그야말로 말달리듯 문풍지를 울리던 을씨년스럽고 추운 밤이었으나 화롯불에 구어 지는 고구마의 구수한 냄새가 은은하게 풍기기 시작하는 황토방 안의 정경은 문밖과는 달리 너무나 안온하고 정겨웠다.

　그러나 이제는 그것들은 흘러간 옛이야기, 컴퓨터 세대인 요즘 어린이들에게 그 아이들의 겨울 이야기는 아득한 먼 옛날에 옛것으로만 존재할 뿐이다. 그러나 그것들은 우리의 문화로서 정리하고 챙겨서 보존해야 할 필요도 있지 않을까.

떡살, 다식판

내가 옛날 유물을 모으기 시작한 것은 1960년대 중반부터이다. 전국을 누비며 골동품 수집을 업業으로 하는 친구로부터 삼국토기 몇 점을 얻는 것으로 비롯해서 도굴꾼을 소재로 하는 작품을 쓰게 되고, 하나둘 옛날 유물을 모으는 수집취미가 붙여지기 시작했다. 그때만 해도 토기류는 수집가들의 관심 밖이었고, 취급상에서도 괄시를 받았기 때문에 상품가치가 없음으로 해서 월급쟁이 생활을 하는 내 형편에서도 수집이 용이했던 것이다.

내가 떡살이 포함되는 목물木物을 수집대상에 포함시킨 것은 80년대를 전후해서다. 당시에 와서는 토기류도 일반의 관심이 높아져서 수요가 늘어났고, 도굴꾼의 단속이 강화됨에 따라 쓸만한 물건이 나오는 것도 드물었다. 그래서 자연히 가격도 올라 탐나는 물건이 있어도 내 형편으로 그것을 입수하는 데는 힘에 부쳤다.

그러나 당시까지도 목물은 그렇지 않았다. 거의가 출토(도굴)품인 토기에 비해 목물은 근래에까지 일반에서 사용되던 전래품이어서 현존하는 물건이 많고, 재질材質이 나무라는 특성 때문에 제작 연대가 짧아 비교적 큰 부담 없이 수집이 가능했다. 그래서 콜렉션 영역이 목물에까지 확대되는 계기가 되었다.

당시 청계천 8가 골동품상가 만물상에서 구한 몇 개의 떡살과 다식판은 나무재질이나 연대年代, 정교한 문양紋樣으로 보아서 지금은 시중에서 찾아볼 수 없는 것이라 생각된다.

그동안 나는 다식판과 약과판을 포함하여 백여 점의 떡살을 비롯해서, 물레 씨아 북(베틀 부속), 함지박, 바리때 등의 목물을 수집했다. 절에서 식기로 쓰던 바리때를 제외하면 공교롭게도 모두 아녀자들이 사용하는 가정용품이다.

떡살은 흰떡(절편) 표면에 문양을 나타내기 위해서 사용하던 용구로, 나무로 만든 것이 주류를 이루나, 청자나 백자 같은 사기로 된 것도 있고, 그 형태와 문양도 여러 가지다.

일반 서민들이 사용하던 떡살은 주변에서 흔히 구할 수 있는 소나무로 만든 것이 대부분인데, 그 문양이 단순하고 투박한 것이 동네 지게목수의 서툰 솜씨임을 엿보게 한다. 그러나 나무질이 단단하고 갈색이나 붉은색을 띤 참죽나무, 피나무, 대추나무의 속부분으로 만든 것은, 숙련된 장인匠人의 솜씨인 듯 그 문양이 정교하고 복잡하며, 무게와 견고함, 진한 색조가 조화를 이루어서, 격조 높은 목각문화의 정수임을 헤아리게도 해준다.

떡살에 새겨지는 문양은 빗살무늬 같은 단순한 것도 있고, 기하학적인 선문양線紋樣에 꽃이나 새, 태극무늬를 곁들인 것이 있는데, 특히 ‘多男 · 長生 · 壽福 · 戊午’ 등의 한자로도 새겨진 것이 있어서 사용자의 계층과 제작 년대를 가늠케 한다.

 떡살을 쓸 때는 떡과 반죽이 들어붙지 않게 하기 위해 참기름이나 들기름 등 식용유를 칠해서 사용한다. 그래서 오래된 것일수록 그 연륜을 말해주듯 짙은 색상을 지니고 광택을 낸다.

 오랜 세월 기름에 절어 반들반들 윤이 나며 매끄럽게 길들여진 떡살과 다식판을 대할 때면, 그것을 사용하던 선인의 체온과 숨결이 느껴진다.

신라 어린이의 유작 遺作

　내가 소중하게 생각하고 아끼는 물건 중에 어른 주먹만 한 크기의 토기土器 한 점이 있다.

　이것은 소형 고배高杯, 받침대가 높은 술잔모양의 삼국토기三國土器로 아무렇게나 주물러 만든 형태로 본다면 쉽게 찾아 볼 수 없는 희귀한 것으로 생각된다.

　내가 이 토기를 입수한 것은 꽤 오래 전으로 경북 상주 지방에서 우연히 만난 통칭 '엿장수'라고 불리는 고물수집 행상으로부터다.

　당시 못 쓰게 된 양은제품이 대부분이던 그의 수집품 중에는 색다르게도 깨진 토기 몇 점이 있었고, 그 중에 이 물건이 끼어 있었다. 질흙을 주물러 만든 이 토기는 대여섯 살 정도의 어린이 솜씨인 듯 서툴고 천진한 모습이 그대로 드러나 있다.

　그때 내가 그것을 집어 들고 관심을 보이자 남루한 차림의 수집상이 말했다.

　"그거 모양새는 막 생겨 묵었다케도 땅속에서 나온 아주 오래된 기입니더."

　거기 있던 다른 토기의 색상과 태토胎土의 질이 일치하는 것으로 보아 같은 곳에서 출토된 가야나 신라 토기임에는 틀림없는 것 같았다. 그래서 나는 주인이 요구하는 대로 당시 최고급이던 '아리랑' 담배 두 갑에 해당하는 돈을 치르고 그것을 입수할 수 있었다.

이 보잘것없는 물건은 값으로 따진다면 삼십여 년이 지난 현재에 와서도 별것이 아닐지 모른다. 그러나 나는 이 토기에 특별한 의미와 가치를 부여하고 소중히 간직해 오고 있다.

나는 이 물건을 대할 때면 그것이 만들어졌을 때의 상황을 유추하며 천 몇 백년 전의 세월을 거슬러 올라간다. 어린이의 솜씨가 분명한 이 토기를 만든 주인공은 과연 누구일까? 도공陶工의 아들이거나 그 인척이 아니었을까. 그렇다면 어떻게 해서 이 물건이 만들어졌고 오늘에까지 전해지게 되었을까.

우리나라 역사유물 중에서 가야, 신라, 백제, 고구려 권역의 토기가 가장 많이 출토되는 것은 그 당시의 장례의식 관습 때문일 것이다. 원삼국原三國이나 삼국시대는 물론이고 고려 조선조까지도 덩치 큰 종교 관련 석물石物이나 서책書冊을 제외한 옛 물건들은 대물림으로 현존하는 것이 거의 없다고 해도 과언이 아니다. 그 시대에 우리 조상들은 사람이 죽으면 고인이 사용하던 생활용구나 장신구를 무덤에 함께 넣어주는 장례 관습이 있었다. 함께 매장된 옷가지나 나무, 가죽제품 등의 유물은 시체와 함께 썩어 없어지지만 도자기나 금속류의 장신구만이 오늘까지 남아 있게 된 것이다.

술잔(高杯), 항아리(壺), 그릇받침(器臺) 같은 삼국시대 분묘에서 흔히 출토되는 토기들을 자세히 관찰하면, 지각변동이나 출토과정에서 깨지고 파손된 것이 많으나, 실생활에 사용한 흔적이 전혀 없는 그릇임을 쉽게 발견할 수 있다. 섭씨 천 도 이내에서 구어 진 그 시대 질그릇들은 강도가 떨어지는 연질토기軟質土器이다. 그래서 조금이라도 실생활에 사용을 했다면 닳고 이 빠지고 금간 것이 대부분일 것이다. 그러나 당시대의 그릇들은 사용한 흔적이 전혀 나타나지 않을뿐더러, 너무 작거나 우그러지고 별도의 받침대가 있어야 하는 등 불편하고 쓰임새가 없는 것들이 대부분이다. 이러한 점으로 미루어 볼 때 당시 인들은 실생활에 사용하던 물건은 부장품으로 사용하지 않았으며, 사람이 죽으면 무덤에 함께 넣어줄 그릇은 주문에 따라 별도 제조하였음을 추정할 수 있는 것이다. 그러나 이러한 장례의식은 일반 서민에게는 해당되지 않았을 것이며, 왕족이거나 고관대작 지체가 높은 부류에나 가능했을 것이다.

그렇다면 어린이가 장난삼아 만든 이 치졸稚拙한 물건이 어떻게 신성시하는 장례의식의 부장품으로 무덤에 넣어질 수가 있을 것인가 의문이 생겨지지 않을 수 없다.

천오백여 년 전, 그 옛날 신라에 예속된 상주고을 근처에는 가마골(옹기마을)이 있었다.

신라인인 젊은 도공은 주문 받은 부장품 그릇을 만들기 위해 가마 옆에 차려진 노천 공방에서 작업에 열중하고 있었다.

태토胎土로 쓸 반죽된 질흙을 물레에 걸어서 그릇의 성형작업을 하고 있는 도공 옆에서는, 그의 어린 아들이 아비가 한 줌 떼어준 질흙을 장난감 삼아 반죽하고 주무르며 가지고 놀고 있었다.

때는 춘궁기가 시작되는 봄이었고 외딴 가마골 주변에는 진달래꽃이 지천으로 피어 있었다. 조선, 고려 때 도공의 사회적 신분이 괄시받는 천민이었던 것처럼, 신라인 도공 역시 대우받는 계층은 못되었다.

나물 죽으로 겨우 아침을 때운 가난한 도공의 아들은 가마근처에 핀 진달래 꽃잎을 따서 허기진 배를 채우고 일하는 아비 옆에 와서 놀고 있는 중이었다.

도공이 만들고 있는 것은 고배高杯, 높은 받침대가 부착된 토기 잔 이었다.

아이는 고사리 같은 작은 손으로 질흙을 주물러 아비 것과 같은 그릇을 만드는 장난에 열중하고 있었다.

도공이 작업을 완료하고 쉴 참으로 허리를 폈을 때, 그는 아들이 만든 작품을 발견하고 웃음을 터뜨렸다. 아비가 만든 고배를 흉내낸 모양인데 도무지 비슷하지도 않은 엉터리 작품이었던 것이다.

그러나 도공은 그러한 아들이 기특했다. 자신도 어릴 때 그랬던 것처럼 늘 가마와 공방 근처를 놀이터 삼아 천직을 익혀 가는 아들이 대견스러웠다.

도공은 주문 받은 그릇을 굽기 위해 가마에 넣을 때 아들의 이 우스꽝스러운 작품도 한 옆에 끼워준다. 이렇게 하여 아들의 서툰 첫 작품이 신라토기로 태어나는 계기가 이루어지는 것이다.

그런 얼마 후 도공에게는 큰 불행이 찾아온다. 가업을 이어갈 아들이 갑자기 요사夭死하는 변을 당한 것이다.

천연두天然痘나 홍역 같은 역병疫病이 돌았을까, 아니면 산짐승에 의해 해를 입은 것일까…….

아들의 죽음은 도공에게 큰 슬픔을 남겨 주었고, 거적에 말아 아들의 시신을 매장할 때, 처음이자 마지막 아들의 작품인 그 유품遺品도 함께 매장해 준다.

무릇 생을 지닌 모든 것이 그러하듯, 소년의 육신은 얼마 되지 않아 흔적도 없이 흙에 동화되고, 그의 유작高杯만이 땅속에 남아 천 몇 백여 년 잠자다가 후세인에 의해 속세俗世로 들어 내지게 된 것이다.

내가 가장 아끼고 소중하게 여기는 이 토기 한 점, 나는 이것을 대할 때마다 그 서툴고 투박한 솜씨에서 때 묻지 않은 소년의 천진성을 음미하게 되고, 먼 옛날 이 토기의 주인인 어린 영혼에 대한 안쓰러움이 가슴에 와 닿는 것이다.

칠갑산 화전골

내가 충남 청양군 장풍면, 칠갑산 남쪽 계곡 도림사지에 있는 화전민 가옥을 처음 방문한 것은 오래전인 1969년 1월 1일 신년 연휴 때다. 당시는 구정이 민속연휴로 지정되기 전이어서 신년연휴가 3, 4일 간이나 되던 시기였다. 그래서 직장생활을 시작한 60년대부터 나에게 신정연휴는 산행 중심의 여행을 다녀오는 기회였다. 12월 말일 서울을 출발해서 유명한 산 산정에 올라 새해맞이 일출을 보는 산행을 그때부터 해오고 있는 터이다. 지금이야 이러한 새해 해돋이 행사는 보편화되었지만, 그때만 해도 새해 첫날 해맞이는 그 어휘자체가 생소할 정도의 시절이었다.

그렇기 때문에 나의 새해산행은 동반자 없는 혼자이기가 대부분이어서 산에서 야영을 하지 않고 해뜨기 전에 산정에 도착할 수 있는 여건이 되어있는 산이 우선 그 대상이 되었다.

그러한 기준에서 1969년도 신년 해맞이 산행으로 칠갑산을 찾았다.

칠갑산 정상 3킬로미터 지점 대치마을 농가에서 민박을 하고 새벽녘에 정상에 올라 건너편 계룡산 산자락 위로 떠오르는 새해 일출을 본 후 하산을 시작했다. 미리 예정된 하산 코스는 장곡사가 있는 서편 계곡이었다. 그러나 정상에서 얼마쯤 내려오자 그 반대편인 남쪽 산자락 아래로 완만한 계곡이 드러나 보였고, 멀지 않은 곳에 인가가 있는 듯, 닭 우는 소리도 들려왔다. 그래서 나는 당초의 하산 코스를 변경해 남쪽으로 방향을 잡았다.

정상 능선에서 얼마쯤 내려와 계곡으로 들어서자 나무꾼이 다져 놓은 듯 계곡을 흐르는 실개천을 따라 희미하게나마 잔설 덮인 길이 이어져 있었다. 얼마쯤 내려와 계곡 아래쪽에 이르자 닭 우는 소리의 진원지일 수도 있는 초가집 두어 채가 나타났다. 가까이 다가서자 초가집은 그야말로 전형적인 산골 오두막이었고, 사람이 살고 있지 않은 듯, 문짝이 내려앉고, 황토 칠을 한 벌통이 안마당에 널브러져 뒹굴고 있었다. 그런데 아래쪽에서 집안으로 들어서는 경사지에는 한 키 정도의 큰 돌을 네모지게 깎은 돌계단이 만들어져 있었고, 움막 같은 초가집의 왜소한 기둥을 떠받치고 있는 주춧돌은 대궐집에서나 볼 수 있는 육중하고 고급스러운 것이었다. 주변에 깨진 기왓장 파편이 자갈처럼 널려 있는 것으로 보아 이곳은 절이 있었던 사지寺地임이 분명했고, 잘 다듬어진 돌로 축대를 쌓고 오두막의 초가집이 올라앉은 집터는 법당이 섰던 자리임에 분명하였다.

뜻밖의 장소에서 옛 정취가 물씬 풍기는 절터를 대하고 흥분한 상태에서 정신없이 초가집 주변을 카메라에 담던 나는 백여 미터 아래쪽에 석탑이 있는 것을 발견하고 구르듯이 그곳으로 다가갔다. 고려양식으로 단순 처리된 석탑은 파손 없는 완전한 것이었다. 그곳에서 페인트도 마르지 않은 것 같이 세운 지가 얼마 안 되는 표지판이 서 있었다. '도림사 석탑', 공주사범대에서 세웠다는 표지판 설명문에는 '도림道林'이라는 문자가 새겨진 기왓장 파편이 발견되어 도림사 터로 추정된다는 내용과 함께 고려시대 이전에 창건되어 조선 중기에 불타 없어진 것으로 추정된다고 간단히 기록되어 있었다. '추정'이란 단어가 상징하듯 문헌상의 기록이 남아 있지 않은 절터이기에 나는 더욱 이곳에 관심이 갔다.

그때 나는 마재라는 절터 아랫마을에 내려와 살고 있다는 초가집 주인 '방득춘' 노인을 수소문해서 만날 수 있었다. 5대째나 절터 초가집에서 살아왔다는 방득춘(당시 79세) 노인에 의하면 절터 주변 계곡 관목 숲에 불을 놓아 화전을 일구며 살아왔다고 한다. '절골'이라는 이름의 이 화전마을은 6·25 전쟁 이전만 해도 5, 6호의 가구가 있었으나, 최근까지는 두 가구만 남아 명맥을 이어오다가 정부의 독립가옥 이전 시행령에 따라 집을 비워놓고 아랫마을로 내려와 살게 되었다는 것이다.

당시는 북한의 124군 김신조부대 무장게릴라의 청와대 기습시도사건(1968.1.21)과 울진 무장공비 침투사건(1968.11)이 있었던 직후로 이들 무장게릴라의 은신처가 될 수 있는 산간가옥을 소개시키는 임시조치법인 독립가옥이전 시행령이 발효되던 시기였다. 새마을 운동으로 이 땅에서 초가집이 말살당하던 70년대 중반 이전에 이미 우리의 민속 문화재라고 할 수 있는 귀틀집, 너와집 등의 화전가옥은 먼저 수난을 당하고 있었다.

칠갑산 새해맞이 일출산행에서 절골 화전마을의 초가집을 발견한 이후 나는 이곳을 여러 차례 다시 찾아가는 기회가 있었고, 도림사지를 무대로 하는 도굴꾼의 이야기를 소설화한 『돌의 미소』를 쓰게 되는 계기가 되었다. 또한 칠갑산 정상 근처 대치고개에 면암 최익현 선생의 동상을 세우는 인연으로 칠갑산에 정착해 사는 조각가 박칠성 선생을 만나 50여 년 교류가 이루어지는 계기도 된다.

나는 이 글을 쓰면서 반세기가 지난 '절골'은 또 어떤 모습을 하고 있을까 궁금증이 일어 도림사지가 소속한 충남 청양군 장풍면사무소에 전화를 연결하여 그 지역에 기거하는 문화재 보존위원인 강명순 씨를 소개받았다. 강씨와 전화통화로 도림사지 주변의 근황을 묻자 그는 개탄스러운 어조로 전해 주었다.

'절골'의 화전마을은 그 흔적도 찾을 수 없고, 도림사지도 빛바래고 낡은 안내표지판과 함께 4층 석탑만이 덩그러니 서 있을 뿐, 법당에 서 있던 축대와 초석 돌계단, 기와조각과 사금파리가 널려 있던 절터는 이제 잡초에 묻혀 그 흔적이 지워지고 찾을 수 없이 유실되고 있다는 것이다.

1967년에 찍은 원색 사진

초가집

이즈음 즐겨듣는 한국 가곡이 있다. 이수인 작곡의 〈고향의 노래〉는 곡도 좋지만 김재호 시인의 시 작품인 가사가 더 마음에 들어 즐겨 듣는 노래다.

국화꽃 져버린 겨울 뜨락에
창 열면 하얗게 무서리 내리고
… (중략) …
달 가고 해 가면 별은 멀어도
산골짝 깊은골 초가마을에 봄이오면
가지마다 꽃잔치 흥겨우리
아 이제는 손모아 눈을 감으라
고향집 싸리울엔 함박눈이 쌓이네

이제 우리 주변에서 함박눈이 와 쌓이는 싸리울은 존재하지 않는다. 봄 오면 꽃잔치 흥겨운 초가마을도 기억 저편 먼 옛날 추억으로만 남아 있을 뿐이다.

초가집…… 볏짚으로 지붕을 해 이고 흙벽에 창호지를 바른 흙과 나무 짚을 재료로 지은 집이 바로 그것이다.

불과 3~40년 전만 해도 우리 시골 마을의 살림집은 대부분이 초가집이었다. 그래서 4~50대 우리나라 사람이면 초가집에 관한 기억을 가지고 있지 않은 사람은 드물 것이다.

경기도 파주시 법원읍, 내가 일하고 있는 박물관에는 초가집을 비롯해서 군데군데 볏짚을 소재로 하는 터주가리, 헛간, 방앗간, 원두막, 거적 울타리, 토담 등 재래식 구조물을 만들어 놓았다.

신당과 전시실을 겸한 15평 정도의 초가집은 헌집을 뜯어낸 기둥과 석가래 옛 문짝을 구해 사용하고, 천장과 벽면 방바닥은 황토흙을 사용해서 재래식 황토방을 재현해 놓았다. 초가의 황토방은 특별한 냉난방 시설을 하지 않았어도 추위와 더위가 덜하고 창호지를 통해 적당히 여과 통풍 처리가 되어 아늑하고 쾌적한 분위기가 느껴진다. 방안에 들어와 본 사람이면 한결같이 우리 전래 주거문화에 대한 가치를 재인식하고 찬사를 아끼지 않는다. 그러나 우리 재래식 주택은 단점도 많다. 우선 내 경우는 초가집을 짓는데 마땅한 일꾼을 얻을 수 없어 서툰 솜씨로 손수 하다시피 하니 너무 힘이 들었다. 또 그것을 관리하는 데에 문제가 많았다. 새 집인데도 벽면의 흙이 부서져 내려 자주 손을 보아야 하고, 더욱이 폭우가 쏟아진 금년 여름에는 천장에 비가 새고 처마 밑으로는 볏짚 썩은 진갈색의 낙숫물이 떨어져 방문객의 옷을 더럽혀 질겁을 하게 하기도 하였다.

나는 초가집을 대할 때마다 지난 70년 초부터 일기 시작한 '새마을운동'을 상기한다. 초기 새마을운동은 주택개량과 마을 안길 정리 등 환경개선에 역점을 두었다. 이 땅에 4천 년을 이어 온 가난과 후진을 몰아내자는 기치를 들고 착수된 이운동의 1차적인 표적은 초가집과 흙담이었다.

'새벽종이 울렸네 새아침이 밝았네……'

새마을 행진곡을 울리면서 신나게 부수고 헐어내는 작업이 시작되었다.

초가집 중심의 우리 주거문화는 비록 불편하고 비효율적이기는 하지만 수천 년 이어온 우리의 전통이다.

그러나 전 국민적으로 추진된 새마을 물결 앞에서는 누구 하나 이견을 내는 사람이 없었고, 설사 그런 목

소리를 냈다 해도 누구도 관심을 기울일 상황이 아니었다. 그것은 마치 지난날 중국 대륙을 휩쓴 '문화혁명'의 광풍을 연상시키는 것이었다. 초가지붕을 벗겨낸 자리에는 각지고 직선적이며 울긋불긋 색칠한 스레트 지붕이 올라앉고, 흙담을 헐어버린 자리에는 시멘트 담이 둘러진다.

새마을운동이 전개되던 당시는 전 세계적으로 전통문화를 지키고, 자연과 환경을 보호하자는 운동이 본격화되던 시기다. 그러나 우리는 그 반대로 열화처럼 타오르는 새마을의 명분을 탄 주택개량사업으로 불과 삼사 년 사이에 우리 전통의 주거문화는 이 땅에서 말살하는 비운을 자초한다.

국내외를 막론하고 관광을 위한 외국 나들이는 대부분이 그 나라의 전통문화를 접하는 데 우선적인 목적을 둔다. 그러므로 우리나라에 오는 외국 관광객은 우리 고유의 전통문화를 보기 위함이라고 할 수도 있다. 그래서 우리의 주거문화인 초가집을 비롯한 헛간, 장독대, 터주가리 등은 곧 우리의 전통문화상품이 된다. 공장에서 만들어 낸 제조 상품처럼 공해의 부산물을 남기지 않고도 국익의 상품이 된다. 그리고 외국 사람을 끌어 들이는 관광 상품은 외화 가득률이 가장 높은 국익상품이기도 한 것이다.

질화로의 재가 식어지면
비인밭에 밤바람소리 말을 달리고
엷은 졸음에 겨운 늙으신 아버지가 짚 베게를
돌아 고이시는 곳

— 정지용 시 '향수'에서

아침에 일어나 창 열면 국화꽃 저버린 뜨락에 하얀 무서리가 내렸고 처마 밑에 달린 고드름에 겨울 볕이 머물러 수정 빛을 발하던 초가마을의 고향집, 짚세기 삼고 물레 돌리던 우리들 부모의 향훈이 어린 황토방은 이제 먼 옛날의 아련한 향수로서만 우리에게 존재할 뿐이다.

1970년대 제주도의 초가집 풍경

1970년대 제주도의 초가집 풍경

1980년대 초가집 풍경

허수아비

2001년 가을, 나는 사단법인 대산농촌문화재단과 경기도 양평군이 공동 주최하는 전국 허수아비 작품 경연대회에 심사를 위촉받아 양평을 다녀오는 기회가 있었다.

허수아비는 가을걷이를 앞둔 농촌 들녘에 묵묵히 서서 땀흘려 가꾼 결실을 넘보는 참새를 쫓는 지킴이의 역할을 해 왔다. 그러나 오늘의 허수아비에게는 그러한 임무가 주어지지 않았다. 이제 허수아비는 지난날의 향수를 달래주는 조형물로서, 또는 제구실을 못해 조롱받는 꼭두각시의 상징물로서나 존재하게 되었다.

그러나 남한강변 하천부지에 조성된 체육공원의 넓은 운동장에 운집한 천여 점의 응모작품을 대하자 나는 그 인식을 달리하지 않을 수 없었다. 환경을 지키는 허수아비를 주제로 실시된 경연대회에 응모된 작품들은 허수아비의 일반적인 통념을 벗어나는 것이다.

우선 허수아비를 만드는 데 쓰여지는 소재도 나무와 짚 헌옷 이외에, 비닐제품 깡통 타이어 등의 버려진 폐기물도 사용되었으며, 그 형태 또한 새나 짐승모양의 괴수, 우주인 로봇 등 다양했다. 남한강변에 모인 허수아비들은 추수 끝낸 빈 들판에 외롭게 선 무기력한 허상의 상징물이 아니라, 2천

년대를 살아가는 우리의 강도 높은 메시지를 발산하는 조형물로서 나타나 있었다.

수도권의 상수원인 남한강이 관통하는 양평에서 땅과 물을 깨끗이 보존하자는 환경 지킴이 캠페인성 행사로 실시되는 허수아비 경연대회의 주제가 확연히 드러났다.

땅과 물을 오염시키는 주범은 공장 폐수와 생활 오수, 그리고 축산 폐수라고 한다.

얼마 전 서울 북방에서 한 시간 남짓한 농촌에 들어가 전원주택을 짓고 사는 가까운 친지 집을 방문한 적이 있다.

숲이 우거진 아담한 계곡에 자리를 잡은 그의 집은 쾌적한 청정지역의 전원주택임을 말해 주었다. 그러나 집안에 들자 밖에서 느낀 분위기와는 사뭇 달랐다. 거실 천장에 매단 파리 잡이 끈끈이에는 파리가 새까맣게 매달려 있고, 밖으로 관통하는 문은 모두 닫혀 있었다. 파리 모기가 들끓어 여름에도 창문을 모두 닫아놓고 지낸다는 것이다. 그러나 더욱 놀랄 일은 땅속에 관정을 묻어 뽑아 쓰는 물은 식수는 물론 생활용수로도 사용할 수 없을 만큼 오염이 되었다는 사실이다.

일곱 가구가 사는 이 부락은 오래전부터 소, 돼지를 사육해 온 곳으로 현재는 축산 농가가 두 가구로 줄었으나, 주변 지역의 지하수도 모두 오염되어 이제는 어디를 뚫어도 식수로 가능한 물을 끌어올릴 수 없다고 했다.

일정 규모의 양축 농가는 반드시 갖춰야할 필수사항으로 국고 지원까지 받아 축산 폐수의 정화 시설을 갖추었다지만 제대로 가동을 않는지 지금도 밤이면 역한 냄새가 진동한다는 것이다. 이러니 근처를 흐르는 내에는 물고기 한 마리 찾아볼 수 없고 파리, 모기 같은 해충만 기생한다고 했다. 그런데 얼마 전 군대 간 아들이 휴가를 받아 친구와 함께 왔다가 이 역겨운 오염실태를 대하고 당국에 신고를 해야 한다는 이야기를 나눈 것이 빌미가 되어 동네 주민들로부터 음과 양으로 가해지는 그 지독한 텃세까지 받고 있다고 했다. 이제는 헐값에라도 집을 처분할 수만 있다면 이 동네를 떠날 생각밖에는 없다고 한숨을 지었다.

근래 흙살리기참여연대 대표 일을 맡고 있는 정진석 회장으로부터 전해들은 이야기가 생각난다.

우리나라에서 개최되었던 농촌의 환경 관련 세미나에 참석했던 독일의 생태학자가 발표했다는 내용이다. 지하수가 어떤 외적 요인에 의해 오염되면 자연 정화로 원상회복 되는 기간이 2천 년이 걸린다는 사실이다. 그리고 이 지하수의 오염원은 산업 폐수나 생활 폐수, 축산 폐수 그리고 과도하게 사용되는 농약과 화학비료도 모두 해당된다는 것이다.

이즈음 우리 언론에는 '매립'과 관련된 기사가 심심치 않게 등장한다. 유해 폐기물 불법매립, 매립장 반대 시위 같은…….

스위스는 자연과 환경보호의 세계적인 선진국이다. 유무해를 떠나서 어떤 종류의 폐기물도 땅에 묻거나 물에 흘러버리는 일이 없다고 한다.

수 년 전 나는 유럽 여행 중 스위스 취리히에 머문 적이 있었다. 취리히는 스위스 제일의 도시로 세계적인 금융의 중심지이다. 그곳에 도착해서 가장 먼저 눈에 띈 것은 시가지 한옆에 버티고 선 거대한 굴뚝이었고, 거기서는 수증기 같은 하얀색의 연기가 품어 나오고 있었다. 둘째가라면 서러워할 세계적인 환경 선진국의 도시 근교에서 연기를 품고 있는 공장 굴뚝이 웬일이란 말인가?

그러나 나는 곧 그 이유를 알게 된다. 그것은 공장 굴뚝이 아니라 삼십만 취리히 시민이 버리는 쓰레기를 모아 태우는 소각로의 굴뚝이고, 굴뚝에서 피어오르는 하얀 연기는 공기 오염원이 완전 제거된 무공해의 것이라고 한다. 그리고 여기서 쓰레기를 태우고 남은 재는 독일 통일 전 동독과 계약된 매립지로 운반되어 무공해 처리된다고 한다. 그들은 우리 생각으로는 아무런 해가 없을 것 같은 쓰레기를 태운 재까지도 자국 영

토에는 매립을 않는 것이다.

우리나라는 인구밀도가 세계에서 네 번째지만 가용농지 대 인구밀도는 단연 최고라고 한다. 그러니까 가장 적은 면적에서 가장 많은 인구가 매달려 살고 있는 형편이기 때문에 환경 문제에는 어느 나라보다도 가장 철저하고 민감하게 대처해야 하겠으나 실제는 그 반대다. 마땅히 버릴 장소도 없을 만큼 좁은 땅덩이에 매달려 살고 있으면서도 산업 폐기물이나 생활 쓰레기를 장소를 가리지 않고 마구 버리고 매립해서 자연과 환경을 훼손시키고 있는 것이 우리 현실이다.

우리나라는 우리가 먹는 음식물의 70% 이상을 외국에서 사다 먹어야 하는 식량 자급률이 가장 낮은 나라에 속한다. 그럼에도 먹고 버리는 음식, 먹지 않고도 버리는 음식 또한 국제적인 통계를 낸다면 상위권이 아닐까 생각된다. 이렇게 버려지는 음식물은 자원 낭비일 뿐 아니라 물을 더럽히고 땅을 죽이는 오염원이 되고 있다.

소위 선진국으로 분류되는 나라, 우리보다 땅덩이가 넓고 인구밀도가 적어 적당히 버려도 표도 나지 않을 나라에서도 환경 저해 사범만큼은 아무리 하찮은 것이라도 아주 엄격히 다룬다고 한다. 독일이나 덴마크, 네덜란드 같은 유럽 국가는 토지 관리법에 의해 공장 부지나 농토 같은 어떤 용도의 땅이든 토지를 사고 파는 데에도 토양 검증서가 첨부되어야 하고, 만약 대상 토양이 오염되었을 때는 오염 발생자에게 엄청난 벌과금과 함께 토양의 원상복구 명령이 내려진다고 한다.

그러니까 이들 나라에서는 물이나 땅을 오염시키는 행위는 아무리 하찮은 것이라도 아예 할 생각을 않는다는 것이다.

우리는 주택가 외진 곳이나 도시 근교에서 아직 쓸 수 있는 가전제품이나 내구재 옷가지들이 버려진 것을 흔히 본다. 당연히 못 쓸 물건을 버려야 하겠으나 아직 더 사용할 여지가 있는 멀쩡한 물건도 마구 버려서 오염을 더 가중시키고 있는 것이다. 이것은 도시뿐 아니라 농촌에서도 마찬가지다. 한적한 들녘에 논두렁이나 밭머리에도 한 번 쓰고 버린 폐비닐과 농약병이 널려 있고 타이어와 농기구의 잔해가 흉물스럽게 나뒹군다.

얼마 전 일본 영상 취재 때 '지바'현에서 만났던 일본 농민이 기억에 떠오른다. 땅값이 비쌀 것 같은 도시 근교에 많은 농토를 소유하고도 조상이 물려준 재래식 주택에 살며, 벼농사와 시설 원예를 하고 있다는 '이시다' 씨는 내가 방문했을 때 창고로 사용하는 비닐하우스에서 농용자재를 갈무리하고 있었다. 그는 지난해 사용하고 걷어낸 헌 비닐을 다음 농사에 다시 쓰기 위해 정성껏 물로 씻어 차곡차곡 접어놓는 작업을 하고 있었다. '이시다' 씨가 농사에 쓰는 비닐자재는 이렇게 하여 3년씩이나 재사용한다고 한다. 그 옆에는 시설 원예에 사용했던 지주목과 비닐 노끈이 정연하게 정리되어 쌓여 있었다. 나는 이 장면을 발견하고 숙연한 느낌마저 와 닿았다. 그리고 과연 우리나라에서는 이렇게 소박하고 알뜰한 농민이 얼마나 될 것인가…….

우리는 이미 자연을 거스르고 환경을 훼손한 데서 오는 심각한 후유증에 시달리고 있다.

자연과 환경의 보전은 우리 생존을 위한 필수불가결의 요건이다. 우리는 우리 삶의 터전을 지키기 위해 무엇인가 하지 않을 수 없는 시점에 와 있다는 것이다.

제2부

나의 삶
나의 주변

글 쓰며 전원생활은 물 건너가도…

— 영화에서 박물관 운영까지

충남 대전에 정착한 피란민 출신에 단신으로 서울에 올라와 어렵사리 대학을 마치고 일거리를 찾아 헤매야 했던 나의 60년대 초반은 어려운 시기였다.

신문사, 방송국, 금융기관 등 신입사원 공모에 시험을 치르고 여기저기 일자리가 있는 곳을 수소문해서 이력서를 냈으나 어디 한군데 오라는 데가 없었다.

1964년 방송인 문시형 선생의 추천으로 방송작가로 입문하고 남산 KBS 사옥 1층 문예계 사무실을 드나들며 문예극장, 농가방송, 국악무대, 국군의 방송 등 닥치는 대로 단막극 대본 쓰는 일을 하게 된다. 그러다가 건너편 KBS-TV에서 편성책임자로 있던 신윤생 씨에게 발탁되어 TV극본까지 쓰게 되는 행운이 찾아온다. 당시 KBS-TV에서는 후일 TV문학관의 원류라 할 수 있는 금요무대가 방영되고 있었다.

1965년 1월 8일 나의작품 〈산국화 설화〉가 이남섭 연출로 첫 전파를 타고 이어서 〈바다가 보이는 산정〉, 〈새옹지마〉 등의 작품이 방영된다. 이로 인해 그해 여름 난 농협중앙회로부터 새농민상 홍보영화 시나리오 집필 청탁을 받는다.

1961년 전국적인 거대조직으로 태어난 농협중

앙회의 역점사업은 농민을 조합에 참여시키기 위한 지도사업이었고, 그것의 일차적인 사업수행매체가 KBS 라디오 등의 공영방송이었다.

홍보영화 대본쓰고 농협직원 특채

전국 이·동 단위농협의 경영사례와 새농민상 선정농민의 성공담은 녹음구성이나 단막극으로 만들어져 전파를 탔다. 새농민상 홍보영화 시나리오 집필 이후, 농협과 관련된 방송물의 대본작성은 대부분 나에게 주어졌다. 이를 계기로 아예 농협 직원으로 와서 일을 하라는 제의를 받게 되고, 1966년 가을 농협중앙회 지도부의 직원으로 특채된다.

당시 농협은 이미 유명 영화감독과 촬영기사 등 스탭진을 확보하고 영화를 비롯한 각종 시청각교재 제작 운용을 전담하는 기구를 갖추고 있었다.

이들 팀에 초년병으로 참여한 나는 기획 구성에 이은 대본 작성과 영상물 제작에 부수되는 사무처리까지 해야 하는 다양한 일 처리를 두루두루 배워갔다. 그로부터 2년 후 감독을 하던 분이 유명 영화사의 극영화 감독을 맡아 갑자기 사임을 하게 되어 내가 그 일까지 떠맡게 된다.

영화촬영 현장에서는 어느 분야에서도 일해 본 경험이 전혀 없이 감독 일을 한다는 것은 예삿일이 아니었다. 그 당시 영화계에서는 최초의 사례라고 화제가 되기도 하였다.

아날로그의 영상시대, 감광도가 낮은 구형필름으로 촬영을 하고, 일일이 필름을 잘라 아세톤으로 한 컷 한 컷 오려 붙여 편집을 하던 그 시대에 시나리오를 쓰고 감독까지 해가며 최소 인원으로 영화 제작의 전반 과정을 해내야 한다는 것은 어렵고 힘든 일이었다. 시간에 쫓길 때는 집에 들어가지 못하고 코피까지 쏟아가며 며칠씩 밤새워 일하기도 부지기수였다.

이러한 과정을 통해 만들어진 영화는 90년대 중반까지 모두 100여 편이나 되어 농협의 각 도지부나 연수원에 배부 자체 이용하게 하고, 대외 홍보용 영화는 전국은행연합회, 새마을운동본부, 정부부처에도 보내진다.

이 모든 영상교재는 사용 목적에 따라 다큐멘터리 유형의 문화영화, 극적 구성의 홍보영화 두 가지로 구분할 수 있는데, 특히 대외홍보용 영화는 아무리 유명연기자를 출연시켜 극적 구성으로 만든 작품이라고 해도 제작의도를 노출시키면 관객의 흥미를 잃게 되고 그 효과도 반감된다.

해오라기 마을

1989년에 제작된 중화민국 '장이머우' 감독의 영화 〈붉은 수수밭〉은 가장 성공한 목적영화의 정수라고 할 수 있다. 이 영화에서 남자 주인공 '유이찬아오'는 자신의 고용주인 양조장 주인을 내몰고 그의 젊은 부인까지 탈취하여 악덕지주로 상징되는 아주 못된 양조장 주인이 된다. 그러나 영화 후반에 그는 일제 침략군에 저항하는 게릴라 활동에 참여하면서 갑자기 주변 수수밭이 붉게 물들어져 보이는 색맹에 걸리는 것으로 종결되는 이 영화는 세계적인 권위의 베를린국제영화제에서 '그랑프리'를 수상한다. 그러나 이 영화는 중국 인민에게 붉은 사상을 주입하기

위한 목적 영화였다. 하지만 그 의도가 누구도 눈치채지 못하게 교묘히 은폐되어 있었기 때문에 세계적인 우수영화작품으로 인정을 받게 된 것이다.

〈붉은 수수밭〉과 비교하긴 힘들지만 그보다 9년 전인 1980년도에 내가 시나리오를 쓰고 연출을 해서 만든 〈해오라기 마을〉이라는 제명의 영화 이야기를 하려고 한다.

강계식 선생을 비롯해서 박규채, 홍성민, 이영하, 한인수, 이계인, 임채무, 최선자, 김수미, 김애경 등 20여 명의 인기 연예인을 출연시켜 만든 이 영화는 목적극이면서도 순수 극영화로서의 작품성을 갖추기 위해 공을 들인 작품이다.

이 영화가 만들어진 다음 해인 1981년, 후에 서울시장, 국무총리까지 역임한 고위층 모 인사가 교통부장관으로 부임해왔다. 그리고 교통부 공무원에게 근검정신을 함양해 주기 위한 영화를 구해 오도록 지시했다고 한다. 그래서 전국은행연합회에서 추천한 다섯 편의 영화를 관람하고 1편을 선정하였다. 그것이 〈해오라기 마을〉이었고, 이 영화는 교통부 전 공무원은 물론 철도청, 공항관리공단 등 산하단체 직원까지도 모두 관람하게 하였다는 것이다.

그런데 〈해오라기 마을〉은 근검정신 함양을 위해 만든 것이 아니라 농협의 보험상품 판촉을 위해 제작된 극적 구성의 목적영화였다. 그러나 상영시간 70분의 이 영화는 제작의도를 전혀 내비치지 않고 이야기를 전개하다가 종료 직전에야 그것을 노출시켰으나 그것도 간접방식으로 최소화했기 때문에 걸림돌이 되지 않고 건전 오락물로 평가되어 선정되지 않았나 생각되는 것이다. 그 후 이 영화는 비디오와 CD로 복사되어 이즈음까지도 이용이 된다는 이야기를 듣는다.

퇴직 무렵, 나는 농협에서 두 가지 파격적인 기록의 인사혜택(?)을 받은 행운아라는 이야기를 듣곤 했다. 농협중앙회는 모든 임직원이 차상위로 승진할

때마다 지방전출이 되는 인사제도를 운영하고 있었다. 그러나 나는 66년 농협에 입사한 이래 직원에서 대리, 과장, 차장, 부장으로 승진할 때까지 서대문 농협중앙회 건물을 떠나지 않았다. 이후 서울 원효로지점장, 농민신문 국장, 농업박물관 관장을 역임하면서도 서울 밖을 벗어나지 않는 직장 생활을 해온 것이다.

농협 재직 32년, 그리고 농협중앙회 자회사인 NH개발 상무 3년을 포함하여 35년을 농협에 몸담고 살아오면서 나름대로 직분에 충실한 일처리를 해왔다는 자부심을 가진다. 하지만, 젊어서부터 내 꿈이고 소망이던 문필 활동은 소원할 수밖에 없었다.

1965년 신춘문예로 문단에 얼굴을 내민 이래, 그야말로 가뭄에 콩나기로 문예지에 소설 몇 편 발표하고, 시국사건으로 발간이 중지된 월간지『청맥』최종호에 희곡 한 편 쓴 것이 고작이었다.

도굴꾼의 취재가 민속물수집광으로

내가 옛날 도자기에 관심을 갖고 그것의 수집 취미를 갖게 된 것은 도굴꾼을 소재로 한 작품을 쓰게 된 데서 비롯한다.

KBS TV문학관으로도 방영된 나의 소설『돌의 미소』는 선인들의 자취를 따라 땅속을 헤집는 일로 평생을 살아 온 도굴꾼의 이야기를 소재로 한 작품이다.

나는 이 소설을 구상하던 60년대 후반부터 서울 인사동이나 아현동 굴레방다리 근처 골동품가게를 드나들며 소위 '가이다시'로 호칭되는 도굴꾼의 중개인과 알게 된다.

당시만 해도 삼국토기는 삼국유적지 근처 산야에는 흔히 나뒹구는 것을 발견할 수 있을 정도인 데다가, 청자나 백자와는 달리 해외반출 금지 문화재로 분류되어 있어 꾼들 사이에서는 '똥딴지'로 호칭될 만큼 인기 없는 상품이었다. 그래서 작업 중에 토기가 발견되면 특별한 것을 제외하고는 아예 깨부수어 버리거나 되묻는 것이 상례였다. 그래서 삼국 토기는 적은 비용으로서도 수집이 가능했다.

삼국 토기로부터 시작된 나의 수집벽은 고려, 조선자기를 포함한 근세민속생활용구로 확대된다.

80년대만 해도 목물이나 옹기와 같은 근세제품은 뜻만 있다면 운반비 부담만으로 얼마든지 수집이 가능했다. 그래서 마당이 딸린 재래식 나의 집은 각종 도자기와 물레, 씨아, 풍구, 쌀뒤주들로 발 디딜 틈도 없이 채워진다. 나는 왕십리, 불광동 두 곳의 단독주택에서만 40년을 살아왔다. 나라고 쾌적한 개량주택이나 아파트로 옮겨 살 뜻이 없는 것도 아니었지만, 내 잡동사니 수집품을 포기하지 않는 한 그것은 불가능한 일이었다. 봉급생활자가 재산을 불릴 수 있는 방법은 이사를 자주 가는 것이라지만 그것은 나에게 해당되지 않았다.

오랜 직장 생활을 해오면서 늘 부담으로 자리한 마음 부채가 있었고, 그것은 언젠가는 글을 쓰고 작품 활동을 해야 한다는 과제였다. 그러나 막연하기도 한 그 언제라는 시점은 계속 미뤄지다가 퇴직 이후로 상정된다.

90년대 초 나는 경기도 파주에 토지 한 필지를 사놓았다. 퇴직을 하면 방 한 칸을 곁들인 창고를 지어 서울 집의 잡동사니를 옮겨놓고 작품이나 쓰며 살겠다는 생각으로 마련한 땅이었다.

1998년, 내 필생의 마지막 과제를 실현키 위한 삽질을 시작했다. 그러나 사람이 기거하고 다양한 수집품을 정리 보관해야하는 건축물은 방 한 칸 딸린 창고 개념으로서는 이뤄질 수 없었다. 당시는 IMF 경제파동으로 물가가 오르고 주위 분위기도 흉흉한 시절이었다. 예상을 훨씬 초과하는 건축비가 소요되고, 당초 계획을 변경해야 하는 특단의 조치가 필요해졌다.

퇴직 전 농협 부설 농업박물관 관장을 잠시 맡아 한 경험이 있는 나로서는 박물관 운영의 어려움을 누구보다 잘 알고 있었기 때문에 그것을 하려는 의지도 전혀 없었다.

하지만 퇴직금까지 모두 쏟아 부은 그 시점에서는 더 이상 숙고할 겨를도 없었다.

일정한 수입도 없는 터에 빚지지 않고 새 건물의 유지관리비라도 충당하려면 입장료 수입이라도 기대할 수 있는 박물관체제로의 전환이 필요해졌다. 방 한 칸 곁들인 창고가 두루뫼 박물관으로 재탄생하는 계기가 된 것이다.

손수 만들어 세운 야외 민속물

두루뫼(周山)는 내가 태어나 유년을 보낸 북녘에 두고 온 마을 이름이다.

민속생활사 전문박물관으로 문화관광부에 등록된 우리 박물관의 전시 특징을 야외전시물 복원에 두었다. 곳곳에 너와집을 비롯하여 초가지붕을 씌운 방앗간, 헛간, 대장간, 솥전, 원두막, 상여막을 만들어 세우고, 그 주변에는 장독대, 터주가리, 솟대, 장승, 서낭당 등 민속물을 복원하여 배치한다. 그리고 산간 경사지에 들어앉은 박물관의 지형 특징을 살려 산나리, 붓꽃, 할미꽃, 원추리 등을 심어 나름대로 야생화 조경을 한다. 그러자니 그것들을 매만지고 잡초 뽑아주는 작업은 해도 해도 끝이 없고 일해도 표가 나지 않는 그런 일거리가 산적한다. 그것은 누구를 시키거나 위임할 수도 없는 거의 손수 해야 하는 일이다.

그러자니 글이나 써가면서 전원생활을 즐기겠다는 당초 계획은 저만치 물 건너 가고 굳은살 박히고 손톱 갈라지는 막노동꾼으로 전락한다.

최근에는 주변에 잎 달린 나뭇가지를 베어내 나무 울타리를 치고 중간 중간에 거적문, 사립문 대나무문을 만들어 다는 마무리 작업을 하고 있는데 방송작가 박석준이 찾아왔다.

이미 반세기 전에 친구라는 인연의 끈으로 나와 얽혀진 그는 이즈음도 월 한두 차례는 내 앞에 모습을 보이는 지겨운 친구다.

"너처럼 지겨운 일에 매달리다 보니 글 한 줄 못 쓰고……."

그가 나타나자 푸념처럼 내뱉은 나의 말에

"임마 글은 너 아니라도 쓸 사람 줄서 있어. 시상에 나무 울타리 둘러치고 거적문 만들어 다는 미친눔이 어딨냐……. 헌데 이건 작품이다 작품, 오직 네눔만이 헐 수 있는 희소가치의 작품이여, 허……."

박석준 특유의 너스레였지만 나는 문득 그것이 사실일 수도 있다는 착각을 하다가 실없는 웃음을 날린다.

"욘석 버릇없이 성님 놀리면 못 쓰는겨……."

그 만남의 인연

"여기 오신 여러분 중 혹시 강원도 속초를 가보신 분은 해변에서 북녘을 향해 서 있는 수복기념탑을 본 분이 계실 것입니다. 6·25 전쟁이 멎은 이듬해, 당시로서는 우리나라 최초 최대랄 수 있는 석조 미술품을 만드셨고, 현재는 울산공업탑을 주문받아 작업 중인 조각가 박칠성 선생님께서 오셨습니다."

지난해 내가 일하고 있는 파주 두루뫼 박물관의 특별전 개막행사의 내빈소개에서 나는 그를 우선하여 소개하지 않을 수 없었다. 팔순을 넘긴 고령인데다가 바쁜 중에도 멀리까지 찾아준 데 대한 나름대로 고마움의 인사표시였다.

내가 박칠성 씨를 처음 만난 것은 1972년 1월 첫날, 충남 청양군 칠갑산의 '한티재'라는 고개 마루턱에서다. 당시 그는 거기에 세워질 면암勉庵 최익현崔益鉉의 동상을 주문 받아 그곳에 초막을 짓고 혼자 기식하고 있었는데, 연초 휴일 산행 중이던 나와 우연한 조우가 이루어진 것이다.

나는 1966년 농협에 입사 이래 35년을 일해 오는 동안 맡은 일이 홍보영화 제작 등 특별한 분야여서 주로 서대문 농협중앙회에서만 근무를 해왔다. 그리고 사무실도 과장 이후부터는 독립된 사무실에서 일을 했기 때문에 직장선배나 친지 등 방문객이 많았다. 면암 동상 제작을 계기로 칠갑산록에 정착한 박칠성 씨도 서울나들이 때면 의례히 들러 가는 코스가 내 사무실이었다.

1980년대 중반 어느 날 그가 상경 길에 들러서 차 대접을 하고 있는데 또 한 사람의 불시 방문객이 있었다. 그는 나의 직장선배인 김장수씨로『백마고지』라는 제목의 소설을 쓰고 서울시문화상을 수상한 작가이기도 하였다. 그 때 새 방문자에게 눈길을 주고 있던 박칠성 씨가 놀란 듯 갑자기 몸을 일으키면서

"혹시 김 소령님이 아니신가요? … 나 속초에 수복기념탑 만든……"

"아니 그럼 당신이 그 젊은 조각가."

두 사람은 양손을 맞잡고 30년 만에 만난다는 그 우연의 해후를 감격해 하였다.

나는 그때까지도 박칠성 씨의 자세한 인적사항을 모르고 있었다.

이십대 중반의 피난민인 그가 어떻게 속초 수복기념탑 제작을 맡아 할 수 있었고, 그 이후에도 보수성이 강하다는 미술계에서 정부기관이 발주하는 부산탑, 대전탑, 울산탑, 3·1운동기념탑 등 여러 점의 대형작품을 맡아 할 수 있었을까 내심 궁금하기도 했었다. 하지만 그때 두 사람의 만남을 통해서 그 의문점을 해소할 수 있게 된다.

백두산 동남방 함경북도 경선군 산자락 마을에 고향을 둔 그는 6·25 전쟁 때 홍남 철수시 마지막 피난민 운반선인 미국화물선 '빅토리아'호에 승선해 단신으로 월남하여 부산·거제 지역을 떠돌다가 고향 가까운 속초에까지 오게 된다.

1953년 여름, 정전 직후의 속초는 북에서 내려 온 피난민이 운집해 있어서 몹시 혼잡하였다. 그 어느 날 인부들이 군부대 근처에서 수복기념 현수막을 만드는 일을 하고 있는데 군 장성이 병사들의 호위를 받으며 근처를 지나고 있었다. 이때 사건이 일어난다. 광목천에 페인트 글씨를 쓰고 있던 남루한 옷차림의 청년이 갑자기 뛰어나와 군 일행을 막아섰다. 호위하던 병사들이 기겁을 하고 달려들었으나 군 장성이 이를 제지하였다.

"저는 평양미술대학에서 조각을 공부한 박칠성입니다. 이렇게 광목천의 현수막을 만들어 달게 아니라 돌탑조각물을 만들어 세울 것을 청원드립니다!"

그때 이 용감하고 당돌한 청년의 말을 귀담아 들어준 장성은 당시 속초에 본부를 둔 육군 1군사령부의 사령관 이형근 중장이고, 그 자리에 함께 있던 보좌관은 정훈참모 김장수 소령이었다.

당시는 군 총수의 세가 막강 할 때였다. 이형근 장군의 뜻에 따라 속초군청은 수복기념탑 건립기금을 마련하고 군장비가 동원되어 공사가 시작된다.

1954년 봄, 속초 해변에는 젊은 조각가 박칠성의 첫 작품, 어머니가 아들의 손을 잡고 북녘을 향하고 선 '망향의 모자상'이 세워진다.

나는 그날 박칠성, 김장수 두 사람의 만남을 축하하는 소주파티를 하자는 제안을 한다. 그래서 막 일어서려는 참인데 또 한 사람 예정에 없던 방문자가 나타난다. 나의 대학 선배인 박치원 시인이었다. 그런데 이게 웬일인가, 세 사람 모두는 잘 아는 사이로 20년만의 또 하나 기적 같은 우연의 만남이 이루어진 것이다.

마포 주물럭집에서 있은 그 만남의 축하연에서는 60년대 전후 명동시대의 역사가 펼쳐진다. 당시 명동 모나리자, 청동다방을 중심으로 모이던 각 분야의 예술인들, 공초 오상순을 비롯하여 이중섭, 천상병, 윤용하,

수복기념탑-망향의 모자상

고복수…… 춥고 가난하던 이들에게 술 인심 쓰는 봉은 관급공사로 주머니 사정이 두둑한 박칠성이었다는 것을 화제 삼으며 웃음꽃을 피어낸다.

2001년 초 나는 홍승희 시인으로부터 자신의 문하생이기도 한 신동근 시인의 첫 시집 출판기념회 모임에 참석해달라는 전화를 받는다. 파주 출신의 홍 시인은 서울집에서 파주문화센터에 출강하는 날이면 늘 우리 박물관을 찾아주는 터여서 그의 청을 물릴 수 없었다.

이런 연유로 참가하게 된 그곳에서는 당시 국제pen이사장 성기조씨를 만나게 된다.

내가 그를 처음 알게 된 것은 60년대 중반 서울 적선동 사직공원 근처 '대머리집'이라는 주막에서였다. 동동주에 도토리묵 명란찌개가 유명한 그 집은 문화예술인의 쉼터이고 모임장소였다. 언론사의 수습기자가 수습기간 내에 그 집을 발견 못하면 수습딱지를 뗄 수 없다는 우스갯말이 나돌 정도로 언론인의 발길도 잦았다.

당시는 6·25 전쟁의 상흔이 가시지 않은 궁핍하고 어려운 시기였다. 그때 성기조 씨는 '대머리집' 인접 거리인 사직공원에서 수영장을 하고 있어서 거기 모이던 문인 중에서는 가장 경제력이 있는 편으로 가끔씩은 우리 젊은 층의 술값을 대신 내주는 선심을 쓰기도 하였다. 나도 그 수혜자의 한 사람이었다.

나는 60년대 후반부터 직장에 얽매어 살다보니 문학인과 어울리는 기회도 적어져서 그와도 오랫동안 만나지 못하고 살아왔는데, 오랜만에 마주앉아 그 옛날 '대머리집'을 회상하며 담소를 나누는 기회가 주어진 것이다.

다음 해 봄, 파주 통일로 변 봉일천에 탤런트 김애경이 문을 연 칼국수집에서는 그 옛날 '대머리집' 분위

기를 재현하는 모임이 마련된다.

그때 김애경의 특별 서비스로 제공한 동동주에 도토리묵 명란찌개가 곁들인 주안상에 둘러앉은 인사로는 성기조 씨를 비롯하여 표재순(연세대 영상대학원 교수), 정일성(극단 〈미학〉 대표), 박석준(방송작가), 허선(NH보험 사장) 제씨 등이었고, 대머리집 이후 세대인 문재인(사진작가), 박세희(문학에스프리대표), 차윤옥(월간문학편집장), 이명희(연극인) 등도 참여하였다.

그 이후 이 괜찮은 만남은 일 년에 두어 차례씩이나마 계속 이어지다가, 2005년부터는 모임 장소를 서울 돈암동에 '북촌北村'이란 음식점으로 고정화하였다.

'북촌'은 유별난 취향의 전직 방송인 차옥진이 옛날 한옥에 차려놓은 음식점으로, 우연의 일치랄까 음식 메뉴도 '대머리집'과 아주 흡사하였다.

정해진 명칭도 없고 만나는 시기 회비도 없는, 그야말로 부담 없고 자연스러운 이 모임은 각자의 의향에 따라 만남이 결정되는데 근래에는 김종규(문화유산국민신탁이사장), 김병권(수필가), 정광수(문학평론가), 이동식(한국화가), 김광수(수필가), 박미산(시인), 손은식(일본 오사까산업대학 교수) 등 제씨도 자리를 함께한다.

2006년 초여름, 오랜만에 일정이 잡혀진 날이다. 나는 일찌감치 서울 구파발에 와 지하철로 바꿔 탔을 때 박칠성 씨로부터 걸려온 휴대폰전화를 받는다.

의례적인 인사말이 오간 후

"오늘 저녁에는요 선생님도 아실 만한 몇 분과 만나 저녁을 함께하기로 해서 거길 가는 길입니다."

"내가 낄 자리는 아닌 모양이지?"

그가 몹시 섭한 어조로 말했다.

"그럴리가요. 멀리 칠갑산에 계시기 때문에 연락을 안 드렸을 뿐입니다."

"만나는 장소는 어디요?"

"돈암동 북촌입니다."

순간 전화가 끊어졌다. 전파장애일까, 아니면…….

그날 '북촌'에서의 모임은 화기에 찬 분위기에서 표주박 잔의 동동주로 건배를 하고 났을 때였다. 집주인 차옥진의 안내를 받아 들어오는 정장차림의 노신사가 있었다. 박칠성 씨였다. 나하고 전화통화 후 즉시 출발해서 지금 막 여기 도착했다는 것이다.

나는 우선 좌중에 그를 소개하였다. 해방 후 우리나라 최초 최대의석조미술품을 속초 해안에 세워 지금도 그 석조물이 현존하는 조각가이고, 팔순을 넘긴 현재도 작품제작을 계속하는 노익장이라고. 이때 그와 구면인 방송작가 박석준이 거들었다.

"박 선생님, 작품료 안 받고 만드신 작품은 칠갑산 댁 안마당에 세워진 '콩밭 매는 아낙' 조각상뿐이죠?"

"왜 그것뿐여, 지난해에는 대전에 시 쓰는 누구의 시비도 한 푼 안 받고 만들어 주었구먼."

"네? 시비요? 아니 시비라면 여기 성기조 시인을 비켜두고 다른 사람 것을 먼저 만들어 주셨단 말입니까?"

좌중에는 웃음이 터졌다.

　2006년 9월 29일, 청양 칠갑산 계곡에서는 조각가 박칠성의 작품이 모아진 조각공원의 개막식과 아울러 성기조 시인의 시비詩碑 제막식이 열린다. 나는 이날 축사에서 그 말미에 그때 내 사무실에서의 박칠성, 김장수, 박치원, 그 기적 같은 세 분의 우연한 해후를 회상하고 김장수, 박치원 씨는 이미 고인이 되었음을 알린다. 그러나 칠갑산 조각공원에 세워진 바위조각물에 새겨진 성기조 시인의 시「산수유꽃」.

　　산수유 꽃이 필 때는
　　바람도 노랗게 물 든 다.
　　노란 바람이 부는 날이면
　　개나리도 노랗고 산도 노랗다.
　　노란 산에서 사는 새도 노랗고
　　그 노래도 노랗다.

　해마다 칠갑산 산자락을 물들이는 그 꽃의 시향은 영원히 이어질 것이라고 덧붙인다.

희망편지로 되살린 우연

경제가 어렵고 사는 게 힘들어졌다고 한다. 내 사는 주변에도 문 닫은 가게가 눈에 뜨이고 나다니는 사람들의 얼굴 표정도 그늘져 있는 것 같다. 구름 지고 한겨울로 접어드는 날씨 때문인가 사위는 어둡고 음산한 분위기마저 느껴진다.

이즈음 내 하루 일과는 아침 일찍 우편함에서 조간신문을 꺼내 펼쳐드는 것으로부터 시작된다.

2008년 12월 15일자 조선일보 1면 오른편 상단에는 "2008 겨울 희망편지"라는 제목의 칼럼이 게재되어 있었다. 그것은 이즈음 항상 1면을 도배하듯 차지하는 경제 불황, 난장판 국회, 엽기사건 같은 얼룩진 기사에 식상해 있던 나에게 청량제 같은 신선 감을 자아내는 볼거리였다.

희망편지 시리즈의 첫째 편은 전남 강진 군수 황주홍 씨가 띄운 것으로, 돈을 모우고 재산을 불리는 데에는 수단과 방법을 가리지 않는 오늘의 우리 풍토에서 57년간을 오직 성실 하나로 막걸리 빚는 일만 해 오고 있는 촌로村老 김견식 씨의 이야기가 담겨 있다.

한평생 술 빚고 술 팔며 살아왔다. 경영, 마케팅, 홍보, 이런 거 몰랐다. 연간 매출은 늘 1천만, 2천만

원이었다. 인동隣洞에 차츰 입소문이 나면서 3천만, 4천만, 마침내 5천만 원대로 올라선 게 재재작년이었다. 재작년 8천만, 작년엔 1억 원까지 돌파했다.

　……

나는 그가 '전남에서 가장 순박한 분'으로 보인다. 속을지언정 속이지 못하는 성격 그대로 산다. 삶에 과장이 없다. 늘 같은 표정으로 소년처럼 웃는 게 전부다. 고스톱도 모르고, 고개 갸웃하게 하지만 술도 모른다. 오직 술 빚는 일 위해 평생 외롭고 가난하게 살아온 그다. 오늘 이 작은 성공의 가장 큰 성장 동력이 바로 여기다. 거짓과 위선과 탐욕과 오만이 판치는 이 땅에서 그는 '25시'의 주인공 '요한 모리츠'와 같은 존재다. 아닌 것 같지만, 정직과 성실 그리고 겸손이야말로 시장 감동의 핵심 원리다.

— 황주홍(전남 강진 군수)

요약되고 간결한 문장이 돋보이기도 한 현직 군수의 편지는 오늘을 사는 우리 모두에게 경각과 아울러 깨우침을 준다.

다음날 신문 1면에서는 영문학자 장영희 교수(서강대)가 띄운 희망편지를 볼 수 있었다.

장영희 교수의 글은 조선일보 문화칼럼에서 종종 대할 수 있었으나 근래에는 볼 수가 없어 내심 궁금해 하고 있었는데, 이제 그 이유를 알 수 있게 되었다. 금년은 대학 안식년이어서 강의를 쉬며 항암치료를 받고 있다는 것이다.

매일 백혈구 수치, 간 수치에 전전긍긍하면서 소중한 연구년을 허무하게 보내야 한다는 게 너무 억울해서 난 내내 우울한 시간을 보냈다. 그런 와중에 얼마 전 미스터 김에게서 이메일을 한 통 받았다.

　……

"선생님, 선생님은 늘 제게 희망을 말씀하시지만, 이제 저는 가망 없는 희망을 버리려고 합니다. 어디선가 읽은 이야기인데 한 눈먼 소녀가 아주 작은 섬 꼭대기에 앉아서 비파를 타며 언젠가 배가 와서 구해줄 것을 기다리고 있었답니다. 그녀가 타는 음악은 아름다운 희망의 노래입니다. 그런데 물이 자꾸 차올라 섬이 잠기고, 급기야는 소녀가 앉아 있는 곳까지 와서 찰랑거리고 있습니다. 하지만 앞이 보이지 않는 소녀는 자기가 어떤 운명에 처한 줄도 모르고 아름다운 노래만 계속 부르고 있습니다. 이런 허망한 희망은 너무나 비참하지 않나요?"

난 답했다. 아니, 비참하지 않다고. 희망의 노래를 부르든 안 부르든 어차피 물이 차오른다면, 그럴 바엔 부르는 게 낫다고. 그리고 그 소리를 듣고 배가 올 수도 있고, 공중을 날던 헬리콥터가 소녀를 발견할 수도 있고, 썰물 때가 되어 물이 빠져 소녀가 죽지 않을 개연성은 얼마든지 있다고. 이에 대해 미스터 김은 짧은 답을 보내왔다.

"선생님이 말씀하시는 희망, 다시 연구해 봐야겠습니다."

희망을 연구한다고? 낯선 표현이 문득 마음에 와 닿았다. 맞다, 나의 이번 연구 년에는 희망을 연구해야지. 끝이 안 보이는 항암치료에 몸도 마음도 지쳐가지만, 미스터 김에게 한 내 말에 충실하기 위해서라도 열심히 희망을 연구하고 실험하리라.

— 장영희(서강대 교수)

2008년 마지막 날까지 모두 15회가 게재된 희망편지를 띄운 사람은 세간에 널리 알려진 문화인이나 체육인, 기업인, 출판인 등 유명인사도 있었지만, 고난에 어둠을 딛고 힘겹게 살아가는 이름 없는 서민의 것도 있었다.

그중 하나, 부산 외각 지역 도로공사장의 가설식당에서 설거지 일을 하는 정경희 씨가 보낸 희망편지에는 이웃에 사는 장애인 이야기가 담겨 있다.

우리 마을엔 늘 환하게 웃는 미소천사가 있다. 성아는 서른네 살의 뇌성마비 장애인 아가씨다. 손도 다리도 발도 뒤틀려 먹는 것도 걷는 것도 마음대로 할 수 없는 몸이지만 그녀는 늘 환하게 웃는다. 사계절 하루도 빠짐없이 낡은 유모차를 끌고 열심히 폐휴지를 모으러 다닌다.

세상이 다 어렵고 힘들다고 하지만 성아는 늘 행복해 한다. 오늘은 박스가 너무 많다며 "이모 고맙다"고, 몇 번이고 "감사합니다"를 연발한다.

......

성아는 82세 노모와 슬레이트 단칸방에 둘이 살고 있다. 성아는 가끔 얼굴을 찡그리며 말한다. "엄마는 이가 없어 불쌍해요." 그녀의 말에 얼마나 가슴이 저려오던지. 빵 하나랑 음료수를 먹으라고 주었더니, "이모, 빵 이거 주머니에 넣어 주세요." "왜?" "엄마 갖다 주려고요." 세상이 이런 천사가 또 있을까

......

성아가 나를 가르치는 것 같다. 가진 것 없다고, 세상 어렵고 힘들다고 투정하지 말라고. 성아를 보면서 나는 예순을 바라보는 나이지만 일할 수 있는 건강한 육신을 주신 하나님께 늘 감사한다.

— 정경희(경남 김해)

모두 15편이 게재된 희망편지의 마지막 편은 만인의 환호 속에서 한국에서 피겨 스케이팅 국제대회를 마치고 캐나다 토론토에 와 있는 김연아 선수가 보낸 것이다.

그늘과 걱정거리는 아예 없을 것 같이 젊고 발랄한 김연아 선수도 이국의 전지훈련장에서 홀로 연습을 할 때는 힘들고 짜증 날 때도 많고, 대회현장에서는 죽음처럼 소름 끼치게 하는 긴장감에 빠져들기도 한다고 썼다.

한국에서 첫 국제대회를 마친 지 벌써 보름이 넘었네요. 2위를 하고 난 뒤에 "수고했다" "아쉽다" "다음에 잘 하면 되지"라는 말씀을 많이 들었어요. "왜 축하한다는 말은 안 하지?"

......

정말 경제가 어려워졌구나, 힘드신 분들이 많구나 하는 걸 깊이 느끼고 있어요. 우리 운동선수들이 경험하는 어려움과는 분명이 다르겠지만, 얼음판 위에 넘어져 눈물 흘렸던 시간들이 빨리 지나갔으면 하는 예전의 제 마음처럼, 힘들어 하시는 분들의 어려움도 빨리 사라졌으면 하는 바람이에요. 제가 발끝에 희열을 맛봤던 것처럼 여러분들께도 힘든 시간 뒤에 맞을 기쁨이 어서 오기를 기도 드릴게요.

— 김연아(토론토에서)

조선일보 2008년 12월 31일자 희망편지의 마지막 편을 읽고, 끝머리에 표기된 "관련특집 A6면"이라는 안내문에 따라 신문을 펼친다.

6면에는 "벼랑 끝에서 싹튼 희망"이라는 제목 밑으로 "희망편지"관련 후일담이 전면에 걸쳐 꾸며져 있었다.

"…… 희망편지"에 소개된 편지는 모두 15통이지만, 제한된 지면 때문에 "부치지 못한" 편지는 그보다 훨씬 많다.

……

희망편지를 보내온 사람들의 살아온 이력은 모두가 다르다. 누구 하나 절실한 사연을 갖지 않은 사람이 없다. 화려하게만 보아온 명사들에게도 깜짝 놀랄 가슴 아픈 과거가 있다. 그러나 이들에게 닮은 점이 있다. 모두가 막다른 순간에서도 결코 희망을 버리지 않았다는 사실이다.

……

결국 "2008 겨울 희망편지"를 꿰뚫고 있는 공통의 언어는 이런 것들이었다. 사랑, 가족, 용기, 포기하지 않음, 그리고 "행복"에 대한 새로운 각성……

— 박종인(기자)

"아니, 박종인 기자가…….."

그동안 나는 매일 아침 조간신문을 대하면서, 의례 1면을 차지하는 정치, 불황, 사건 기사를 밀어내고 "희망편지"를 들어앉게 한 기자가 누구일까 내심 궁금했었다. 이즈음 신문에는 기사 말미에 취재담당기자의 이름과 E-mail 주소가 게재되는 것이 상례인데 "희망편지"에는 그것이 없었다.

내가 박종인 기자를 알게 된 것은 2000년을 전후해서 그가 취재하는 여행 기사를 읽는 신문 녹자로서다. 당시 매주 1회씩 신문 한 면을 차지하는 'travel leisure' 란에는 사진이 곁들여지는 여행기사가 실리는데, 손수 촬영한 사진 솜씨 또한 웬만한 사진작가 이상의 안목이다. 박종인 기자의 취재 대상지는 국내는 물론이고, 동남아에서 실크로드를 타고 유라시아, 유럽, 태평양 연안, 중남미까지 다양했다.

한 직장에서만 35년간이나 월급쟁이를 한 나는 내 맡은 업무도 책상머리에서 이루어지는 일이 아니라, 국내는 물론 세계각지를 찾아다니며 처리해야 하는 일이 대부분이었다. 그래서 주변 동료들에게 내 만큼 여행 많이 한 사람 있으면 나와 보라고 은근이 자랑도 했다. 그러나 내 여행 목적은 직장의 업무수행이기 때문에 어디를 가든 그곳의 고유문화 지역특성 등 여행의 진가는 섭력하지 못하고, 단순히 어디를 다녀왔다는 지명만 기억되는 주마간산走馬看山식 나들이에 불과했다. 그래서 세계각지를 누비고 다니는 박종인 기자의 여행 기사를 접한 이후부터는 여행 좀 했다는 내 자부심 같은 것은 접어야 했다.

기자와 독자로서 시작된 나와 박종인 기자와의 인연은 드디어 만남의 계기가 이루어진다.

내가 파주시 법원읍에 박물관을 개설한 이듬해 어린이날, 박물관 주변도로는 각지에서 몰려든 관람객들로 교통이 마비되는 사건이 일어난다. 2000년 5월4일자 조선일보 'travel' 페이지에 〈이색박물관나들이〉라는 제목으로 대형 장독대 사진이 곁들인 두루뫼박물관 취재기사가 난 반응이었다. 다음날 나는 전화로 박종인 기자를 연결해서 주변교통을 마비시켜주어 고맙다는 인사로 최초의 대화소통이 이루어진다.

1997년 정년퇴직 후 박물관 일에만 매달려 있던 나에게 다시 한 번 월급쟁이 생활을 할 수 있는 기회가 주어진다. 2000년 초 농협중앙회 자회사인 NH개발의 상무로 부임한 것이다.

조선일보에 박물관 보도 기사가 난 몇 달 후 추석 무렵이었다. 용산에 있는 사무실에 출근해서 테이블에 가져다 놓은 신문을 뒤적이다가, 문화일보 문화면에 게재된 인도기행문 『나마스떼』라는 제목의 신간서적을 소개하는 기사에 눈길이 갔다. 그 책의 저자는 조선일보 기자 박종인이고 발행처는 조선일보다. 문화일보 지면에서 경쟁상대의 타 일간지 기자의 저작물을 소개하는 기사도 이채로웠고, 무엇보다 그 책은 박종인 기자의 저서라는 데에 더욱 관심이 갔다. 나는 그 즉시 사환을 불러 인근 서점에 가서 그 책을 사 오도록 하였다.

힌디어로 '그대 안의 신에게 경배'라는 뜻의 인사말로 통용되는 '나마스떼'라는 제목의 그 책을 펼쳐들었다.

4×6배판 크기에 아트지 2백 페이지 분량의 그 책은 여행기답게 경쾌한 느낌이 들었다. 첫 장을 넘기자 안으로 접혀진 표지 면에 작은 활자로 꾸며진 저자소개도 색다르다.

글/그림/사진 박종인

이즈음 출간되는 대부분의 서적은 권두에 들어앉는 저자소개에 비중을 둔다. 어디서 나서 무슨 학교를 다녔고, 어떤 학위를 받았으며, 저서는 어떤 것이 있고, 이러 저러한 상을 받았고, 직책과 감투는 지난날의 것에서부터 현재까지 시꺼멓게……, 허나 박종인 기자의 『나마스떼』는 그런 군더더기가 하나도 없어 오히려 매력이 풍기고 읽을 의욕이 더해진다.

매 페이지마다 대소사진이 들어앉고, 군데군데 과감한 여백처리의 구도로 편집된 것을 보면 책의 "레이 아웃"도 본인 솜씨임이 분명하다.

비행기 편으로 서울에서 인도의 수도 델리까지, 그리고 2천5백년 전 싯다르타 왕세자가 보리수 나무 아래서 진리를 깨우친 영취산 보드가야를 경유하여 방가로르, 켈커타로 이어지는 단신여정은 박종인 기자가 아니면 누구도 해내기 힘든 고행길일 것 같았다.

기자의 안목으로 현장사진과 함께 간결한 문장으로 엮어지는 여행담은 재미도 있었고, 때로는 2~3000년의 역사를 넘나드는 구도자적인 무게도 엿보이는 괜찮은 책이었다.

내가 이 책을 펼쳐 든 것은 아침 회의를 마친 직후다. 뒤늦게 독서삼매경에 빠졌다고나 할까, 점심도 구내식당에서 간단히 때우고 계속 이어진 책읽기는 오후 퇴근 무렵에 끝장을 접었다. 그리고 메모해 두었던 박종인 기자의 휴대전화 번호를 찾아 버튼을 눌렀다.

전화에 박기자의 목소리가 나오자

"나마스떼"

그의 책에서 배운 힌디어로 인사를 건넸다.

"아니…… 누구십니까?"

"나 파주 두루뫼 박물관의 강위수입니다."

"아, 네…….'"

"지금 막 『나마스떼』 읽기를 마치고 책으로나마 인도여행을 하게 해줘서 고맙다는 인사 드리려구요."

이후 의례적인 인사말이 오간 후, 나는 그에게 제안을 했다.

"우리 출판기념회 합시다."

"요즘도 출판기념회 하는 사람 있나요?"

"책 쓴 사람과 독자, 두 사람만이 하는 출판기념회 기록 한번 냅시다."

"기록이요? 허…… 좋습니다."

이렇게 해서 그와 나 최초의 만남은 연신내 근처 보신탕집에서 하기로 정했다.

나는 미루어 놓았던 일처리를 서둘러 마감하고 사무실을 나서려는 참에 문득 생각이 떠올랐다. 둘이 만나는 것보다는 한 사람이 더 있어야 자연스러울 것 같고, 그 대상자는 문학평론가 정현기 교수가 걸맞을 것 같아 우선 정 교수와 전화를 연결했다.

"오늘 저녁 보신탕으로 몸보신할 생각 없나?"

"좋지, 헌데 학위논문 심사가 있어 좀 늦겠는데."

"그럼 내 먼저 가 있을 테니까 끝나는 대로 연신내 보원집으로 나오게나."

이어서 출판기념회에 한 사람이 추가된다는 사실을 알려줘야 한다는 생각으로 다시 전화로 박 기자를 찾았다.

"허…… 그럼 두 사람의 출판기념회 기록은 깨지는 거네요."

"세 사람뿐인 기념회도 기록 아니겠습니까? 암튼 정현기 교수도 여러 분야에서 기록을 보유한 인재입니다. 80년대 모 여대 교수 재직 시는 바른 소리하다 쫓거나 해직교수 7년의 최장(?)기록을 보유했구요, 최근에는 교수로 있는 연세대학교에서 총장선거에 출마했다가 낙선한 기록도 있습니다."

그러나 정 교수의 또 하나의 기록은 밝히지 않았다. 그는 해직기간에 두어 군데 여자대학에서 시간강사 일을 하고 있었는데, 말을 아끼지 않는 달변과 발군의 노래솜씨 때문일까, 그가 낀 술좌석이나 나들이 모임에서는 늘 그의 제자 등의 처녀가 있었다. 그래서 이번 우리 세 사람 모임에는 여성이 없는 기록을 내는 것으로 알고 있었다. 하지만 연신내 보신탕집에 정현기 교수가 나타났을 때 그는 혼자가 아니었고, 그와 함께 온 학위논문 당사자인 대학원생은 여성이어서 그 기록갱신은 이루지 못한 것이다.

'나마스떼'의 profile란에서 박 기자는 '최근 술을 끊었다'고 밝혔으나 이날 '기록모임'에서는 그의 제안으로 생맥주집 2차까지 결행하였다.

이렇게 박종인 기자와 나는 첫 만남의 인연이 맺어진다.

August 1984
CAN GRIZZLIES AND PEOPLE COEXIST?
October 1983
NANCY REAGAN, FIRST RANCH LADY
August 1983
October 1979
Singer Dolly Parton tours by bus
October 1981
MANIA FOR MARILYN AND JOAN AND LANA AND SHIRLEY
COSBY! AMERICA'S FUNNIEST FATHER
BLOOD IN THE FAMILY: A DAUGHTER WHO KILLED FOR MILLIONS
NEWSBEAT
PLUS NEWSBEAT A 24-PAGE PHOTO BONUS
September 1980
The broiling summ
STREISAND THE WAY SHE REALLY IS
LIFE
LIFE
LIFE
LIFE
LIFE
LIFE
LIFE
LIFE

라이프의 폐간이 시사하는 것

나는 내 손에 들어온 것은 아무리 하찮은 것이
라도 버리지 못하고 소유하는 버릇이 있었다. 월
급쟁이가 재산을 늘릴 수 있는 길은 집을 자주 옮
겨 소위 부동산으로 재테크하는 방법이라고 하지
만, 나는 서울 생활 45년 동안 왕십리에서 20년,
불광동에서 25년, 불편하기 짝이 없는 옛날식 마
당 딸린 단독주택에서만 살아왔다.

60년대 중반부터 내가 수집하기 시작한 물건,
집 안팎을 채운 쌀뒤주, 함지박, 물레, 풍구, 각종
도자기와 항아리 등속을 누가 보면 폐기물 창고에
나 있어야할 그것들을 끌고 집을 옮길 엄두를 못
낸 것이다.

유난스러웠던 나의 그 수집 습벽은 박물관을 세
우게 된 계기가 됐을지 몰라도, 경제적으로는 잘
못 살아왔다는 후회스러움이 일기도 한다.

나에게는 장서라고 할 수 있는 수준은 아니지만
그동안 모아온 서책류도 5천여 권이 되었다. 그것
들은 내가 필요해서 구입한 것도 있지만, 그 반 이
상은 내 수집 취향에 따라 모아진 것이거나 저자로
부터 기증받은 책이었다. 올 봄부터 나는 그 서책
들을 분류, 정리하는 작업을 시작했다.

이사하느라 박물관 수장고에 옮겨놓은 그것들
을 분류하고, 보전할 책과 그렇지 않은 것을 고르

는 작업은 누구의 도움도 받을 수 없는 나 혼자 처리해야 하는 일인데다가, 오랫동안 모아온 책들 중에서 버릴 것을 골라내야 하는 일은 어렵고 고민스럽기까지 했다.

우선 보관할 책으로서 문학, 미술, 역사 등 전집류를 골라내고,『현대문학』,『자유문학』,『학원』,『사상계』,『새농민』,『세대』,『새벗』 등 각종 월간지 등은 발행연도가 단기로 표기된 오래된 것들을 우선하여 골라내다가, 잡지류 서가 한구석에 쌓여있는 원색사진의 책무더기를 발견하고 눈길을 보냈다.『Life』라는 잡지였다.

나는 지난 70년대부터 80년대까지 미국의 잡지『라이프』를 정기 구독한 적이 있었다. 그때 모아진 200여 권의 책들이 1미터 높이로 쌓여 있는 것이다.

미국 아니 세계적인 잡지로서 화제를 모으고 있던『라이프』는 구독료도 만만치 않은 액수였지만 20여 년이나 장기 구독을 한 것은 그것이 사진잡지이기 때문이다. 당시 내가 사진작품 제작에 몰두해 있었고, 그때 직장에서 하는 일이 영화를 만드는 일이었기 때문이 아닌가 생각된다.

8절지의 대형 판으로 2백여 페이지 분량의『라이프』는 모두가 사진으로 채워지고 글은 단 몇 줄의 설명문에 불과할 정도로 읽는 책이 아니라 보는 잡지였다.

표지 왼편 상단에 붉은 바탕에 흰 글씨로 씌어진『Life』란 제목이 들어가고, 그 달의 세계적인 화제가 되는 사진으로 처리되는 표지부터가 인상적이다.

오래전에 본 것이지만 아직까지 기억에 남는 표지사진으로는 마오쩌둥(毛澤東)과 카스트로, 케네디와 재클린, 마릴린 먼로와 리즈 테일러가 인상에 남고, 진시황릉의 병마용, 이집트의 파라오 같은 것까지 전 세계 정치·문화 어떤 분야에도 구애받지 않은 다양성을 지닌다.

나는『라이프』책더미 속에서 잡히는 대로 한 권을 뽑아든다. June, 1980년 여름호 표지 전면에는 너무도 끔찍한 사진이 게재되어 있어 책을 그냥 놓을 수가 없었다. 총살형 집행을 보여주는 컬러사진이다. 햇볕 쏟아지는 해변 모래사장에는 굵은 통나무가 십여 개 박히고 짧은 머리와 수염이 백색으로 드러나는 노인을 비롯해서 60대 전후의 인물들이 웃통이 벗겨진 맨몸을 푸른색의 원색 나일론 줄로 통나무에 묶여져서 줄지어서 있었다. 그리고 그 반대편에서는 젊은 병사들이 조준 사격자세로 총을 겨누고 있는 총살형을 포착한 사진이었다. 그것은 마치 영화의 한 장면처럼 너무도 선명 하고 구도가 잘 잡힌 천연색 사진이었다.

"The Deadly Justice of Revolt"

"Last Moments On The Killing Ground"

표지 오른편 하단에 쓰여 진 이 끔찍한 사진의 설명문은 "죽음의 심판", "도살의 현장"을 뜻하는 단 두 줄 뿐이었다.

나는 얼른 표지를 열고 목차를 찾아 본문 페이지를 찾아 지면을 넘긴다. 7페이지나 되는 본문 기사는 모두 사진으로 채워져 있었고, 군데군데 간단하게 몇 줄씩 들어간 설명문을 통해서 이 충격적인 역사적 사건의 전모를 파악한다.

아프리카 서부 대서양 해안의 인구 330만의 소국 라이베리아. 1980년 4월 12일 28세의 "도에" 상사를 중심으로 한 일단의 젊은 군인들이 반란을 일으켜 66세의 대통령을 그의 관저에서 총과 칼로 난도질해서 살해한다. 그리고 법무장관을 비롯한 전 각료와 집권층의 요직자를 총살하고 정권을 장악한다는 특집기사의 내용이다. 내 하찮은 영어 실력으로서는 사전 찾아가며 읽느라 시간이 좀 걸렸지만, 영어권의 국민들이라면 7페이지의 분량이지만 2~3분이면 읽고 보고 전모를 파악할 수 있는 그야말로 포토저널리즘의 정수를 보여주는 특집기사였다.

옷이 벗겨진 채 해안 모래사장에 일렬로 박힌 통나무에 푸른 나일론 줄로 꽁꽁 묶여져 있는 노인들. 이 살벌하고 끔찍한 느낌은 실제 사건이기에 더욱 절실히 가슴에 와 닿는 것이다.

『라이프』가 그 오랜 동안 세계적인 잡지로 군림해왔고, 세계 잡지 흐름에 선도적인 역할을 해온 저력의 실증이기도 한 것이다.

우리나라에서도 대중지나 여성지 등의 잡지는 문자 중심보다는 사진 쪽으로 비중을 두기 시작했다. 그것은 TV 등 영상매체에 대응해서 살아 남기 위한 방편이었고, 더욱이 인터넷 매체가 급부상하고 있는 근래에 이르러서는 신문마저도 활자가 커지고 사진과 삽화에 비중이 두어져서, 읽는 신문이 아니라 보는 신문으로 바뀌어져 가고 있는 형편이다.

그런데 그 얼마 후『라이프』지를 폐간한다는 신문기사를 읽고 나는 놀랐다.

잡지 산업이 경쟁력을 잃었고 광고 전망도 안 좋아서라는 폐간 사유를 달았지만, 1936년『타임』지의 계열사로 창간된 이래 71년간이나 세계를 주름잡던『라이프』는 결국 2007년 4월 20일 문을 닫았다.

영상매체에 대응하여 읽는 잡지가 아니라 보는 잡지로서 포토 제너레이션을 선도하던 라이프의 종말은, 전자 인터넷 매체에 잠식되어가는 활자매체, 종이매체의 위기감을 느끼게 하지 않을 수 없게 한다.

내가 그동안 모아왔던 서적 등을 정리하는 과정에서 지난 60년대에서 현재까지 00문학 XX문학 등 문학이란 제목을 단 간행물 50여 종류를 포함하여 문학과 관련한 정기간행물은 모두 150여 종류나 되었다. 헌데 그 많았던 문학지 가운데 현존하는 것은 얼마 되지 않았다.

서점에 배부되어 시판되는 문학지로서는 현대문학과 문학사상, 창작과비평 정도이고, 한국문인협회나 국제펜클럽한국본부 등 정부 차원의 지원을 받는 문인단체에서 간행되는 문학지를 제외하고서는 그 모습이 보이지 않는다.

전국의 군소 문학단체에서 격월간 또는 계간으로 내던 문학지들도 일이 년을 버티지 못하고 사라지는 경우가 대부분이고, 계속 명맥을 유지하는 것은 극소수였다.

내가 회장직을 맡고 있는 한국농민문학회 간행의 계간지『농민문학』은 이번 여름호로 통권 68호가 나온다. 문학지의 생존이 어려운 풍토에서도 결권 없이 계속 이어져 나오는 것은 회원 여러분의 성원과 참여에 의한 성과로 감사를 표한다.

그러나 농민문학도 우리가 이제까지 유지해온 방법만 가지고는 역부족이고, 그 전망이 어둡기 짝이 없다.

농민문학이 생존하고 발전하기 위한 방법은 독자에게 읽히는 책, 독자가 찾는 책을 만드는 것이다. 그렇게 된다면 광고도 붙게 되고 경영상의 어려움은 해결된다.

그러나 독자가 찾는 책을 만드는 것은 쉬운 일이 아니다. 그것은 실현 불가능할 정도로 어려운 일일 수도 있지만, 우리는 생존하기 위해서 그것을 해내야만 하는 것이다. 다소 시일이 걸리더라도 단계적인 노력을 쏟아 부어야 하는 것이다.

　시대 변화에 따른 새로운 감각을 수용하고 자신만의 개성을 확보하는 자구적인 노력을 계속 기울여 가꾸어 나가는 것만이 농민문학이 살아남는 길일 것이다.

내 갚아야 할 평생부채

문학평론가, 교수, 대학총장까지 역임한 송하섭. 내가 그를 알게 된 것은 대전에서 고등학교를 다닐 때다. 교지에 글을 써낸 적이 있는데, 그가 교지 편집 일을 맡고 있었기 때문에 만남의 계기가 이루어진 것이다.

그는 나보다 한 학년 선배였으나, 나이는 오히려 내가 더 많아서 일까, 우리는 그때부터 선후배 따지지 않고 친구처럼 사귀어 온다.

그를 알게 된 다음 해 나는 초청을 받고 부여에 있는 그의 집을 방문하게 된다. 지금이라면 대전에서 부여까지는 단시간 내에 당도할 거리지만, 버스를 두 번이나 갈아타고 비포장 길을 달려야 하는 당시로서는 네댓 시간이 족히 걸려야 하는 먼 길이었다.

부여군 충화면 지석리, 그 마을은 부여군에서도 가장 변방에 자리를 잡은 벽촌이었으나 그는 마을에서 양조장을 하는 부잣집의 장남이었다.

그날 저녁 우리는 그의 부모 허락을 받아 숙직 직원을 보내고 양조장 숙직실에서 자기로 하였다. 집에서 좀 떨어진 곳에 있는 양조장에는 술밥을 발효시키는 대형 술독이 가득 들어차 있었다. 그날 나는 그 술독에서 누런색이 도는 밥알이 둥둥

뜬 그야말로 진짜배기 동동주를 바가지로 떠서 마셔보는 시음 기회를 갖게 된다. 그러나 동동주 시음은 시음으로 끝나지 않고 폭음으로 이어진다.

밤새껏 술을 마시고 이튿날 만취 상태로 귀가 길에 오른 나는 버스 안에서 몇 번씩 구토를 하고 극심한 고통을 감내해야 하는 수난을 당한다. 반세기가 지나도 잊혀지지 않고 기억에 남을 만큼 그 몹시 괴로웠던 동동주 시음은 내 생애에 충격을 준 사건이었다.

나는 이 나이가 되기까지도 술을 즐겨 마시며 살아온다. 그러나 인사불성이 될 정도의 폭음은 삼갔고, 술버릇이 고약하다는 평을 듣지 않는 것을 보면 그 옛날 동동주 사건이 경각심으로 잠재하기 때문이 아닌가 여겨지기도 한다.

나는 1950년대 초 대전에 와서 정착한 월남 피란민이다. 대전시 원동 55번지, 대전 역사 근처 판자촌에 살며 '구두딱쎄이' '아이쓰께끼' 목판행상도 하고 생업을 도우며 어렵사리 학교를 다녔다.

그날은 학교까지 결석하고 드럼통을 잘라낸 철판으로 난로 만드는 일을 하고 있었는데, 처음으로 송하섭이 우리 집을 찾아왔다. 기름때에 절은 작업복으로 철판을 두드리는 작업에 열중하고 있는 나를 발견하고 놀라던 그의 표정이 인상에 남는다.

그 후 우리는 학년은 달라도 가까운 친구 사이로 발전하고, 나는 그를 중심으로 조직된 '풀피리'라는 문학 서클에도 가입한다. 우리는 春村(송하섭), 南村(강위수) 村자 돌림의 아호 비슷한 필명으로 작품을 써댔다. 그 당시 우리가 만났을 때 술을 마시든가 필요한 경비가 생기면 늘 송하섭이 부담했다. 특히 그가 나에 대한 문학적인 기대는 과분할 정도였고, 친우로서의 배려도 특별했기 때문에 그의 부여 고향집에 초청을 받은 유일한 친구가 되지 않았나 생각한다.

나는 가정형편으로 대학진학을 아예 포기하고 있었다. 그러나 고2때 그의 부추김으로 씌여진 나의 소설이 지방신문 현상공모에 당선이 되는 것으로 해서 포기했던 대학을 가게 되는 행운을 맞게 된다.

그 무렵 서울의 몇 개 대학에서는 문예장학생 제도가 있었는데, 나의 소설당선이 입학·등록금이 면제되는 장학사유에 해당된 것이다. 그래서 나는 서울 정릉에 있는 국학대학(후에 고려대에 병합) 국어국문학과에 입학해서 서울로 온다.

나보다 한해 먼저 서울에 와서 단국대학에 다니고 있던 송하섭과는 대전 고교시절처럼 자주 만날 수는 없었지만 월 한두 번은 만나서 술도 마시고 정담을 나눴다.

그는 만날 때마다 나의 문학 수업과 관련된 사항을 화제로 삼아 은근히 글쓰기를 충동했으며, 나에게 자극을 주기 위해 그의 주변 문인들을 소개하기도 하였다.

송하섭은 문학 분야뿐 아니라 예술문화 전반에 걸쳐 아는 것도 많고 어디서고 좌중을 사로잡을 만큼 언변도 좋았다.

나는 60년대 초 대학시절에 어줍지 않게 클래식 음악에 빠져들어 "디쉐네" "돌체" 등 음악 감상실 주변을 맴돌기도 하였다. 그러다가 유명작곡가이며 피아니스트인 이홍열 선생을 알게 되고, 그를 대전에 모셔

음악 감상회를 여는 일을 저지른다.

음향시설이 갖춰진 행사장소 선정, 격식을 갖춘 행사진행, 거기에 수반되는 비용조달 등 나로서는 그 어느 것 하나 감당하고 해결할 수가 없었다. 이 문제의 해결을 위해서도 송하섭의 도움이 필요했다. 방학 중이라 부여 고향집에 내려가 있는 그를 불러내서 억지를 쓰다시피 하여 조역이 아닌 행사주역을 맡긴다.

감상음악은 베토벤 심포니 9번, 음반으로 악장별로 음악을 들으면서 이흥렬선생의 해설을 곁들이는 순서로 진행되었다.

음향시설이 갖춰진 다방에서 열린 이 행사의 주최 측 인사말도 당연히 그의 몫이었다. 음악 분야는 문외한이라며 한사코 사양하다가 마지못해 한 그의 인사말도 화제를 일으켰다. 베토벤 교향곡 9번 4악장은 교회에서 찬송가로도 불려질 정도로 대중화되었기 때문에 베토벤은 유행가 대중음악가일 수도 있다는 엉뚱하기조차 한 그의 인사말에서 나뿐 아니라 거기 모인 우리 주변 모두는 음악에도 해박한 지식을 갖추고 있는 그에게 놀라움을 금치 못했다.

대학 3학년 때 장준하 선생이 발행하는 월간지 『사상계』에서 문학작품공모가 있었고, 나는 거기 응모할 작품을 준비하고 있을 무렵 그를 만날 기회가 있었다. 내가 구상하고 있는 작품이야기를 하던 중에 우연히 지나가는 말로 집필에만 전념할 수 있는 나 혼자만의 공간이 있었으면 한다는 말을 덧붙였다.

그 며칠 후 송하섭이 기거하고 있는 장충동 근처로 나오라는 연락이 왔다. 내가 나타나자마자 그가 안내해 간 곳은 신당동 주택가의 어떤 가옥으로 이미 한 달 분의 숙식비를 지불하고 빌려놓은 나의 집필공간이었다. 내가 너무 감격해하고 미안해하자,

"부담을 느낄 필요는 없어. 나는 네가 문단의 주목받는 작가가 되리라고 믿기 때문에 투자하는 것이니까. 좋은 작품만 써낸다면 내게 진 부채를 갚는 거야."

그래서 나는 마음을 다져먹고 한 달 동안 들어 앉아 소설을 쓰고 응모수속을 마쳤다. 그러나 그 작품은 낙선의 고배를 마셔야만 했다.

그 후 나는 서울신문 신춘문예로 문단에 얼굴을 내밀고 금융기관에 취직을 해서 생활의 안정도 찾았다. 하지만 그의 기대와는 달리 방송물집필, 영상물제작, 사진촬영 등 엉뚱한 분야에 몰입하기만 하였다. 그것도 어느 하나 성과 없이 변죽만 울리다만 꼴이지만……. 그러다 보니 그에게 부채상환을 해야 하는 내 평생 의무는 이 나이 되도록 이행하지 못하고 있는 것이다.

1999년도, 경기도 파주에서 내가 경영하고 있는 박물관에 몇 분의 학계 원로교수들을 대동하고 송하섭이 찾아온 적이 있었다. 그때 문학청년이던 옛날 일을 화제로 삼아 대화를 하다가 문득 한마디 던졌다.

"이제 글 쓰는 일은 폐업한 거야?"

농담처럼 건넨 그의 말이었으나 내게는 예사롭게 들리지 않았다.

며칠 전 그의 제자로부터 송하섭 교수 '정년기념문집'에 수록할, 지금 쓰고 있는 이 원고의 청탁서신을 받는다. 당시 단국대학교 천안캠퍼스 총장직에 있으면서 오로지 후진양성에만 전념하던 그도 정년을 맞는다

는 것을 알게 된다. 순간 나는 가슴에 와 닿는 섬뜩한 느낌이 일었다. 그것은 이제 살날도 얼마 남지 않은 내 남은 생애에서 그에게 진 부채를 갚지 못할 수도 있다는 불안, 공포감 같은 그런 것이었다.

"그럴 수는 없어, 내 평생부채, 그에게 진 빚은 갚아야해……."

나는 또 한 번 다짐해 보는 것이다.

제4회 시 사랑 향토 페스티발
- 시와 굿과 춤, 노래와의 만남 -
주최: 사단법인 시사랑 문화인 협의회 · 두루뫼 박물관
일시: 2000.9.2 (16:00)

별 헤는 밤-윤동주 시 낭송회
2005.6.11 두루뫼박물관

유안진 시인
이근배 시인

제3부

산 따라
물결 따라

산과의 인연

오래전 나는 한국경제신문에 매주 1회씩 게재되는 〈잊을 수 없는 사람〉이란 시리즈에 글을 한편 쓴 적이 있었다. 그 글의 주인공으로서 지리산 노고단 근처 왕시루봉 남단의 초막에서 잠시 만났던 어느 스님의 이야기를 썼다.

1969년 이른 봄, 나는 구례 화엄사에서 노고단을 경유하여 피아골로 빠져 내려오는 지리산 산행을 한 일이 있었다. 그때 나는 몇 차례 가본 적이 있는 노고단, 임걸령, 피아골 코스의 등산로를 이용하지 않고, 노고단 정상에서 화엄사 오른쪽 능선인 왕시루봉 줄기를 타고 내려오다 길마재에서 길을 잃었다. 그래서 한 시간여 관목 숲을 헤메다 뜻밖에도 아주 고풍스러운 초막 한 채를 발견한다. 노고단 정상의 동편 능선 어디쯤 되는 그곳에는 산죽으로 지붕을 해 이고 통나무를 엮어 벽을 만든 작은 귀틀집이 한 채 있었고, 그 앞마당에서는 젊은 스님이 봄볕을 쪼이고 앉아 나무지팡이 손잡이에 조각을 새기고 있었다.

사십여 리를 나가야 인가를 접할 수 있고 11월부터 이듬해 3월까지는 눈(雪)에 갇혀 살아야 한다는 고산지대의 외로운 초막(암자)에서 벌써 3년 동안이나 단신 수도생활을 해 온다는 그 젊은 스님과 나는 몇 마디 대화를 나누는 기회가 있었고, 피아골로 내려오는 등산로를 안내받아 무사히 산행을 마칠 수 있었다.

그 후 그 스님의 인상은 지워지지 않는 기억의 편린으로 남아 있다가 몇 줄 써야 하는 글의 소재가 되기도 했으나, 이즈음에 와서는 그 만났던 초막의 명칭도 그 스님의 법명도 기억나지 않았다.

나는 어려서부터도 산에 오르기를 좋아했다. 벌써 반세기 전 충청남도 대전 역전 판자집에서 어렵사리 피란살이를 할 때도 틈만 나면 대전 주변 산인 보문산, 식장산을 오르내렸고 그보다 멀리 있는 계룡산, 덕유산 등의 유명한 산을 가 보는 것이 소원이기도 하였다.

당시 내가 다니던 대전 보문고등학교에는 양승권이라는 급우가 있었다. 전라도 구례 출신인 그는 해군장교인 그의 형이 대전에 소재한 충남병무청 해군모병관으로 오게 되어 함께 대전에 온 친구이다. 우리 학교에 전학을 온 그에게 나는 방패막이가 되어주었고 가까이 지내게 되었다.

2학년 여름방학 때 나는 그의 고향집에 초청받는 기회가 생겼다. 그리고 거기서 예상하지 못한 놀라운 사실을 발견한다. 그의 집이 있는 전라남도 구례군 광의면 지천리는 지리산 남쪽 산자락에 가장 깊숙이 들어앉은 산골 동네라는 것과, 또 하나는 6·25 전쟁이 정전된 후 얼마 안 되는 그 시점에서는 지리산 등반이 불가능한 것으로 알고 있었는데 최근 입산금지가 해제되었다는 사실이다. 아직도 잡히지 않고 남아있는 "망실공비"가 3명으로 추정되지만 관할 경찰서에 신고만 하면 누구나 지리산을 오를 수 있다는 사실에 나는 흥분하지 않을 수 없었다.

나는 등산은 전혀 생각지도 않고 친구에게 빌린 카메라 한 대만 달랑 들고 교복 차림으로 왔지만 떼를 쓰다시피 그를 설득하여 1박 2일의 등산계획을 짠다. 그러나 당시 그의 마을 지천리에서 6·25 전쟁 이후 지리산을 올라갔던 사람이 아무도 없었던 그 시점에 우리 두 사람만의 산행은 도저히 안 될 것 같았다. 그래서 함께 산에 오를 동료들을 구하기 위해 양승권은 부랴부랴 예전 중학 때 친구들을 찾아다닌 끝에 구례고등학교, 순천 매산고등학교 학생 등 모두 7명의 등산 팀을 확보하였다.

그러나 등산이라는 어휘조차도 생소한 당시에는 등산장비도 있을 턱이 없었다. 양승권과 나는 교복 차림 그대로였고 밥해 먹을 도구와 먹을거리, 낫 두 자루가 우리 준비물의 전부였다.

우리는 어렵사리 화엄사 뒤편 지리산 봉우리인 노고단과 지리산의 중심이랄 수 있는 반야봉을 오른 후 노고단에서 멀지 않은 임걸연이라는 샘터 근처에서 하룻밤 야영을 위한 준비를 하였다.

그때 유일한 등산장비로 준비한 낫 두 자루, 그것이 있었기에 산죽을 베어내고 나뭇가지를 다듬어 움막을 짓고 하룻밤을 지낼 수 있었다.

이튿날 하산 길에서는 어찌된 일인지 목 부분에 피를 흘리며 죽어가는 멧돼지를 발견하고 메고 와서 동네 잔치를 벌이기도 하였다.

6·25 전쟁의 총성이 멎고 얼마 안 되는 1958년 여름, 피아 간의 유격전으로 얼룩졌던 지리산 계곡에서 움막을 지어 야영을 하고 멧돼지까지 잡아 메고 온, 믿을 수 없는 그 일화는 그때 내가 휴대한 페트리 카메라가 있었기에 사실로 입증된다.

1958년 지리산
직접 지은 움막을 배경으로 친구와 함께

그 후 나는 매년 한두 번씩 지리산을 찾게 되었고, 노고단에서 반야봉 천왕봉(최고봉)에 이르는 지리산 종주를 네 차례나 결행하였을 뿐 아니라, 기회 있을 때마다 한라산, 소백산, 계방산, 설악산을 오르는 등산 마니아가 되었다.

근래 지리산 산행에서 기억에 남는 또 하나의 일화는 10여 년 전 겨울에 있었던 일이다. 당시 등산 일정은 경남 함양군 마천면 영원사골에서 출발하여 지리산 허리 부분인 벽소령을 넘어 쌍계사로 오는 예정코스를 잡았었으나 갑작스런 폭설로 이를 변경하지 않을 수 없었다. 그래서 뱀사골 입구에서 달궁, 심원계곡으로 이어진 길을 따라 노고단을 경유해 천은사로 내려와 하루를 묵고, 이튿날 차편으로 쌍계사까지 올 수 있었다.

쌍계사에서 서울행 기차를 타기 위해 구례까지 나오는 길은 택시 편을 이용했다.

쌍계사 근처 함안에서 태어나 거기서만 살았다는 중년의 택시운전사는 아는 것도 많았다. 그를 상대로 지리산 이야기를 나누는 동안, 섬진강 둑길을 따라 달리는 택시는 피아골 입구인 외곡까지 오게 되었고, 그곳에서는 풍채 좋은 스님이 차를 세우고 합승을 청했다. 내게 양해를 얻어 그 스님을 태운 운전사는 그와도 잘 아는 사이인 모양으로 서로 안부를 묻는 인사말을 시작으로 그들 주변 이야기가 오고 갔다.

택시는 구례읍에 당도해 그 스님을 내려놓고 다시 기차역이 있는 구례구를 향해 달리면서 운전사는 그 스님은 연곡사 주지스님으로 사변 때 불타버린 절을 중수 하는데 큰 공을 쌓은 훌륭한 분이라고 했다.

　나는 그 스님으로 비롯해 문득 예전 일이 떠올라 운전사에게 노고단 정상 동편에 초막암자를 아느냐고 물었다. 그러자 그는 반색을 하고 자기도 그곳을 가 본 적이 있는데 그 암자의 명칭은 문수대라고 알려줬다. 그래서 나는 이십여 년 전에 거기서 만난 젊은 스님 이야기를 들려줬다. 그러자 운전사는 좀 전에 택시에 합승했던 스님이 혹시 그 암자 문수대에서 공부하던 그 스님일지도 모른다면서, 그러나 스님들의 단신 수도는 대개 이삼 년 정도 하기 때문에 다른 스님일지도 모른다고 덧붙였다.

　그때 나는 문득 아쉽다는 생각이 들었다. 불가에서는 옷깃만 스쳐도 인연이라고 한다지만 그 스님과 나는 이십여 년을 격하고 다시 만나는 연緣일지도 모르는데 대화 한마디 나누지 못하고 헤어진 아쉬움을……. 설사 그렇다 하더라도 억겁億劫의 윤회과정輪回科程에서 보면 이승은 순간에 불과할진대, 당세當世에서 두 번씩이나 대면의 기회가 주어진 것은 업業에 의한 인연因緣일 수도 있다는 생각이 이어졌다.

　구례읍에서 구례구까지 포장된 도로를 달리는 택시는 어느덧 목적지에 도착했고, 나는 얼마 남지 않은 기차 시간 때문에 황망히 택시에서 내렸다. 그리고 기차역을 향해 분주히 몇 걸음 옮기다가 스님의 법명을 물어보지 못한 것을 생각하고 뒤돌아보았으나 택시는 이미 저만치 달려가고 있었다.

소고기 먹고 고함지르기
— 일본 유후인의 소 한 마리 목장운동

내가 일하고 있는 두루뫼박물관은 경기도 파주시 법원읍에 초리골이라는 계곡에 자리 잡고 있다.

초리골은 10리 가까이 되는 긴 계곡의 이름으로 교통로가 관통되지 않고 농경지가 협소한 산간지여서 얼마 전까지만 해도 가구 수도 몇 호 안 되는 산골마을이었다. 그래서일까. 지금은 울창한 숲, 오염되지 않은 물, 생태계가 잘 보존된 청정지역으로 남아 있는 곳이다.

초리골 초입에는 배나무 과수원이 있다. 그런데 이 배밭에는 과수농사의 피해를 주는 까치의 접근을 막기 위한 그물망이 둘러져 있어서, 과일나무가 마치 동물원의 맹수처럼 우리에 갇혀 있는 형국이었다.

그런데 얼마 후에는 이 배나무 과수원 우리에 닭들을 넣어 과수농사에 양계를 겸하는 농장으로 바뀌어 있었다. 비록 그물망으로 둘러져 있는 과수원이지만, 배나무 아래 여기저기에는 닭들이 무리지어 먹이를 찾고 흙을 파헤치며 일광욕을 하는 모습이 여간 운치 있어 보이는 것이 아니다.

나는 문득 배꽃 축제와 과실 따기, 양계를 소재로 초리골의 자연 경관을 조화시키는 지역문화 상품을 개발하면 어떨까 하는 생각이 일었다.

지역사회 발전을 위한 지방문화개발은 그 지역 특성을 문화적으로 가꾸어 나가는 것이라고 할 수 있다. 그러나 대부분은 지역 특성, 즉 자연 경관이나 전래민속 면에서 내세울 게 없다는 이유로 해서 아예 시도해 볼 생각조차 않는다. 하지만 아무리 평범한 농촌일지라도 그 지역만이 지니고 있는 고유한 특성을 찾아내서 문화상품으로 개발하자는 것이다.

세계에서 가장 성공한 지역사회 개발운동이라고 할 수 있는 일본의 일촌일품운동은 농촌문화의 고유한 특성을 평범에서 찾아 성공한 운동이라고 할 수 있다. 최상(best)이 아니라 고유(only)에서 그 개발 유형을 찾은 것이다. 최상最上의 개발은 비용과 노력이 많이 들고 도산의 위험부담까지 따르지만, 고유固有는 비록 규모가 작고 하찮게 보일지라도 누구나 어디서고 시도해 볼 가치가 있는 것이다.

지역문화의 상품화

1990년 중반 나는 영상 취재를 위해 일본을 여러 차례 드나든 적이 있었다. 일본 최북단 홋카이도에서부터 도쿄를 비롯한 중부지역, 그리고 일본 최남단 큐슈에 이르기까지 일본 전 지역을 종단하며 지역사회 개발사례를 취재하여 10여 편의 영상 교재를 만드는 작업과정에서 가장 인상에 남는 지역은 '유후인'이라는 소읍이다.

'유후인'은 일본 남부 큐슈 오이타현에 있는 인구 1만 2천명의 소읍으로 맛있다는 소고기로 알려진 유후

인소가 사육되는 축산지역이라는 것 외에는 이렇다 할 특징이 없는 평범한 농촌이었다.

1970년 초 이 고장 습원식물의 군락지인 '이노셋토' 평원에 골프장 건립계획이 발표된다. 그러나 자연 사랑의 남다른 애향심을 지니고 있던 이 고장 주민들은 모두 나서 골프장 반대운동을 벌여 이를 성공시킨다. 이를 계기로 반대운동만 벌인 게 아니라 여기 상응하는 지역사회 활성화에 도움이 될 사업을 개발해야 한다는 여론이 일어난다. 그래서 첫 사업으로 채택된 것이 청정지역인 이 고장에서 사육되는 '유후인' 소를 문화상품화하는 '소한마리목장운동'이다.

'소한마리목장운동'은 대도시인들을 대상으로 자연과 생태환경이 잘 보전된 '유후인'에 소 한 마리를 출자해서 '유후인'의 목장주가 되자는 아주 평범하고 순박하기도 한 캠페인성 운동이다. 초기에는 이 지역 출신으로 대도시에 나가 사는 인사들을 중심으로 한 고향사랑으로 추진한 이 운동은 해를 거듭함에 따라 근처 도시 벳부, 후쿠오카는 물론 오사카, 도쿄 같은 먼 곳의 도시민까지 참여하는 성과를 나타내기 시작한다.

매년 10월이면 일본 각지의 소 한 마리 목장주들은 '유후인'이 개발한 문화축제에 초대된다. '우시쿠이 젯큐', '소고기 먹고 고함지르기'라는 익살스러운 명칭의 이 행사는 도시인과 이 고장 주민이 야외 산자락에 마련된 행사장에서 만나 쇠고기 바비큐를 들며 정을 나누는 지극히 소박한 축제다. 그러나 소고기 구이를 먹고 유후인 산정을 향해 고함치듯 자기 소원을 알린다는 '우시쿠이 젯큐'의 우스꽝스러운 이 축제는 신문과 방송 등 언론 매체를 통해 전국에 보도된다.

유명 문화예술의 고장으로 성장

'유후인'은 소 한 마리 목장 운동을 통해 자연과 생태환경이 잘 보존된 고장, 아름다운 구릉지의 초원이 있는 청정지역으로 전국에 알려지기 시작한다. 이를 계기로 '유후인'은 전통문화 사업단을 결성, 계절별로 매달 축제를 열 수 있도록 전래 민속을 문화상품으로 개발하여 흥겨운 문화가 있는 고장으로 가꾸어 나간다.

아울러 추진된 것은 '유후인'을 예술과 조화되는 낭만이 있는 휴식공간으로 가꾸어 나가는 사업이다. 영화관 하나 없던 이 고장에 규모를 갖춘 영화제와 음악회를 유치하는 사업이 향토 예술인과 이 고장 출신 예술인, 그리고 이 지역과 연관이 있는 대도시 기업인을 중심으로 추진된다.

수준 있는 예술제로 평가받는 영화제와 음악제가 열리는 여름철이면 각지에서 수만 명의 열성 동호인이 운집하여 축제 분위기를 고조시킨다.

매년 여름 5일간이나 열리는 '유후인영화제'는 유명 영화인이 참여하여 관객과 대화를 나누는 행사가 있고, 한여름 밤 숲 속에서 나무막대기에 광목천 스크린을 걸쳐 놓고 옛날식 활동사진 상영을 재현하는 등 다채롭게 진행된다.

인구 1만 2천 명의 소읍, 한적하고 평범한 농촌이던 '유후인'이 문화예술의 고장으로 가꾸어지는 과정에서는 외지 기업인의 문화사업 투자를 유발한다. 규모를 갖춘 공연장이 세워지고 미술관, 박물관, 도서관, 그리고 민속가옥의 숙박시설이 곳곳에 세워지는 등 명실상부한 문화예술의 고장으로서 면모를 갖추어 나간다는 것이다.

내가 유후인을 방문했을 당시 한 해 동안 이곳을 찾은 국내외 방문객은 연인원 4백만 명, 여기서 얻어지는 지역경제 활성화 효과는 가늠할 수 없이 엄청난 것이다.

자연사랑과 환경지킴이의 애향심

그러나 '유후인'의 변화 과정에서 우리가 간과해서는 안 될 것은 이 고장 주민들의 자연 사랑과 환경을 지키려는 애향심이다.

내가 이곳을 처음 찾았을 때 '유후인'에 대한 사전 정보는 맛있는 소고기 '유후인소'가 사육되는 축산지역이라는 선입견만을 가지고 있었기 때문에, 우리나라 경우에서처럼 하천이 오염되고 악취가 풍기는 농촌일 것이라고 생각했다. 그러나 어디에서도 그런 징후는 발견할 수 없었다. 집집마다 사일로 시설이 있는 가축 사육마을과 그 주변에서도 마찬가지였다. 더욱이 유후인 읍내 한가운데로 흐르는 하천변에 와서는 더욱 놀라운 광경을 볼 수 있었다. 유리알처럼 맑고 투명한 내에서는 물고기 떼가 몰려다니고, 노인 두엇이 맨발로 냇물에 들어가 한가롭게 민물조개를 찾아 건져 올리고 있었다. 그런데 물이 흐르는 냇가에는 잡초가 무성이 자라고 있어서 아쉬움처럼 느껴졌다. 그러나 이 하천변은 반딧불의 서식처여서 일부러 잡초를 베어내지 않기 때문이라는 것을 곧 알게 된다.

문화의 고장 '유후인'의 성공요인은 주민들이 무엇보다 자랑으로 삼는다는 생태환경 보존에서 비롯된 것이다.

낭만과 예술이 있는 고장, 오늘의 '유후인'이 있기까지는 오염되지 않은 자연과 쾌적한 환경이 있었기에 그 실현이 가능했던 것이다.

〈후일담〉

일본 규수 오이타현의 '히라마쓰 모리히꼬' 지사는 지역사회개발 운동인 일촌일품으로 세계적인 유명세를 타고 있었다. 그래서 그와의 인터뷰 면담 요청은 1년 전에 미리 하지 않으면 불가능하다는 이야기가 나돌 정도였다. 그래서 우리 촬영팀은 그와의 면담 인터뷰는 아예 기대하지도 않았는데 그것이 받아들여져서 두 차례나 인터뷰 촬영을 할 수 있었고, 우리가 오히타현에 체류하는 기간에는 한국말을 할 줄 아는 현청 공무원을 파견 동도케 하는 호의까지 제공하였다.

당시 우리 촬영팀이 만든 영상교재, '매실과 밤으로 하와이에' '풍요의 고향만들기' '일촌일품 그 상품의 다양성' 등 3편의 영상교재를 후일 그 답례로 '히라마쓰' 지사에게 보내주었는데, 이후 오히타에 연수차 오는 한국인들은 그 교재를 한국에서가 아니라 일본에서 보고 온다는 웃으개 같은 이야기가 나돌았다.

일본 가나가와 현 '후지노' 예술촌

고향 예술촌 만들기
— 규제를 도약의 발판으로

우리 주변에서는 여러 형태의 개발규제가 지역 사회 발전의 장애요인으로 지역주민들의 원망을 사는 경우를 흔히 본다.

대도시 외곽지역의 그린벨트가 그 예라 할 수 있고, 서울시민의 상수원인 한강 수계지역, 그리고 휴전선을 접한 서울 북방의 파주시 등 몇 개 지역이 이에 해당된다.

그런데 이들 지역에서는 개발규제의 요인이 어디 있든 간에 결과적으로는 자연과 환경 훼손이 없었거나 덜해졌다는 공통점을 지닌다.

155마일 휴전선의 완충지대는 예외로 치더라도, 군사적인 목적으로 개발이 제한된 지역도 환경과 생태계 보전의 부수적인 성과를 가져왔다는 것이다.

좁은 땅덩이에 많은 인구가 매달려 살고 있는데다가 난개발로 자연파괴와 환경오염이 심화되고 있는 것이 우리의 현실이다. 훼손되지 않는 자연과 환경은 여러 측면에서 그것을 생산적으로 활용할 수 있는 잠재력을 지닌다.

가령 자연과 환경이 살아 있는 주변 경관을 지역 전통과 조화시키는 문화관광 상품으로 개발한다든가, 휴전선 부근의 녹슨 기관차와 철조망, 세계 유일의 분단의 현장을 국제적인 관광 상품으로

‘후지노’ 정은 임야의 80%가 산간 고지대이나 ‘사가미’ 호반을 중심으로 한
‘고향예술촌’ 만들기 사업으로 세계적인 관광명소로 거듭나게 된다.

개발해 나가는 것이 그것일 수도 있는 것이다.

나는 얼마 전 지역발전의 규제여건을 문화상품으로 개발해서 세계적인 문화명소로 재탄생시킨 일본의 산간농촌을 취재한 사례가 있어 여기 소개하고자 한다.

'후지노(藤野)' 정은 고향예술촌과 '후지노 아—트 페스티발'이라는 문화축제로 국제적인 명성을 얻고 있는 고장이다.

일본 중부의 '가나가와' 현과 '야마나시' 현의 접경을 이루는 '사가미(相撲)' 호반에 자리 잡은 그곳은 인구 1만 명 정도의 소읍으로 전체 면적의 80%가 임야인 산간농촌이다.

'가나가와' 현 고산 지역에서 발원하는 물줄기가 이곳에서 댐으로 막혀 '사가미' 호를 이루고 주변지역 도시의 식수원으로 이용된다. 그래서 이곳은 상수원 보호조치에 따르는 여러 가지 규제에 묶이게 되어 기업이나 공장이 구역 내에 들어서지 못하게 되고 인구의 유입이 제한된다.

이렇게 어려운 입지여건에서 '후지노' 정이 지역경제 활성화를 위해 계획한 사업은 경관이 수려한 '사가미' 호와 농업을 조화시켜 상품화하는 관광농업 사업이다.

1972년 화훼농업 중심의 '원예랜드'라는 이름의 생산 그룹을 형성하고 도시민을 유치해서 생산과정에 참여시키는 관광농업을 착수한다. 그러나 농산물 생산의 단순상품만을 가지고서는 지역경제를 향상시킬 수 없었다.

'원예랜드' 설립에 이어 추진된 고향예술촌 조성과 문화축제의 개발은 '후지노'의 관광 농업을 성공으로 이끈 견인차가 되었다.

'사가미호'를 건너 이 지역에 들어서면 가장 먼저 눈에 띄는 것은 건너편 산모퉁이에 만들어진 사각봉투 모양의 조각 구조물이다. 일본의 유명조각가가 만든 '녹색의 러브레터'라는 이름의 작품이다.

이미 1977년 후지노에 고향예술촌 사업추진위원회가 결성되고, 지역출신의 기업인이나 재력가를 대상으로 모금운동을 전개, 유명 예술인의 야외조각 구조물이 하나둘 들어서기 시작한다. 이곳에서 만들어진 대형 예술품은 일본 국내는 물론, 미국, 독일, 오스트리아 등 동서양의 예술인이 망라된다. 국제적으로 인정받는 한국의 조각가 최재은 씨의 철조 대형 구조물 'Untitled1988'도 이곳에 제작되어 전시된다.

이렇게 고향예술촌 만들기 사업으로 확보한 대형 야외조각물은 모두 33점, 그것은 한곳에 모아 전시한 것이 아니라 짧게는 1, 2백 미터, 멀게는 1킬로미터의 간격을 두고 여기저기 세워졌기 때문에 이 고장 전체가 거대한 야외 미술관의 느낌을 준다.

고향예술촌 사업의 또 하나는 대도시 예술인을 이 지역에 들어와 살게 하고 집필과 작업실을 만들어 주는 문화예술인 유치 활동이다.

그래서 이곳 산간벽촌에 이주하여 살고 있는 유명 예술인은 100여 명에 이르고, '후지노'는 명실상부한 고향예술촌으로서의 체제를 갖춘다.

Untitled1988 최재은 作, 1988

문화상품의 다양화

특히 고향예술촌과 동시에 추진된 문화축제도 관광농업에 힘을 보탠다.

매년 개최되는 '후지노 아―트 페스티발'은 음악회를 비롯해서 '가부끼' 공연, 미술전, 견직물전, 원예랜드 사생대회 등 16개의 문화이벤트로 다채롭게 진행된다.

내가 '후지노'에 머물고 있을 때는 이곳 '이찌넨' 초등학교 강당에서 일본의 전통 민속극인 '가부끼'가 공연되고 있었다.

연극 애호가로 구성된 향토극단에 의해 '가부끼'의 출연배우는 모두가 이 고장의 주민들이었다. 읍장이 장단을 치며 사설을 엮는 해설자 역을 맡고 교육장과 학교장은 시종으로 출연하는 단역을 맡는다.

신을 벗고 들어와 맨 마룻바닥에 앉아서 보아야하는 마을연극이었지만, 학교강당을 가득 메운 관객의 관람 자세는 사뭇 진지했다. 연극진행에 따라 숙연한 긴장감이 감돌고, 웃음이 일기도 하다가는 간간이 박수도 터져 나온다.

이 고장 주민이 대부분으로 어린학생으로부터 청장년 노년층에 이르는 관객의 진지한 관람 자세는 '후지노'의 문화축제가 성공하고 있음을 보여주는 단적인 예다.

'후지노'의 예술촌 구상은 문화의식이 높아지고, 찾아오는 도시민과의 대화와 접촉을 통해 도시인의 기호에 맞는 농산물생산과 문화상품화 능력을 키워서 경제효과를 높이고, 지역사회 발전의 토대가 된다.

상수원 보호지역으로 갖가지 규제에 묶이게 된 후지노가, 생태환경 보전이라는 지역 여건을 발판으로 고향예술촌과 '아―트 페스티발'의 문화상품 개발은 관광농업의 부가가치를 높여 지역경제를 활성화했을 뿐 아니라 세계적인 예술문화의 고장으로 육성되는 전화위복이 된 것이다.

가와쿠 호수

🌀유목민의 땅 몽골에서

몽골 항공의 소형 여객기는 북경 국제공항의 외떨어진 변두리에서 탑승객을 기다리고 있었다.

중국 쪽에서 몽골로 들어가는 유일한 항로인 북경과 '울란바토르' 간의 비행기 편은 100석 미만의 소형 여객기로 일주일에 두 편뿐이었다.

몽골작가동맹 초청으로 여정에 나선 한국문인 그룹은 울란바토르에 도착할 때까지도 몽골에 관해서는 별로 아는 바가 없었다.

가장 폐쇄적인 공산국가의 하나였던 이 나라는, 소련에서 일기 시작한 개방물결의 여파로 1990년 초, 공산당 일당독재를 포기했고, 한국과 외교관계를 맺는 급격한 변혁이 이루어지고 있다는 정치적 상황과, 면적과 인구가 얼마라는 정도의 일반적 상식이 우리가 아는 전부였다.

현지에서 언어소통도 출발 전, '팩스'로 전해 받은 초청안내서에 의하면, 몽골어나 소련어만 소통 가능하다는 것 이외에는 한국말 통역 유무가 전혀 언급되어 있지 않아서 우리들은 은근히 걱정을 하고 있었다.

우리가 탑승한 몽골 여객기는 두 시간 반 비행 끝에 목적지인 울란바토르 공항에 내려앉았다.

마침 탑승객 중에는 몽골 대학에 유학 중인 한국 대학생이 있어서 마중 나온 작가동맹 위원장 일행과 소통이 이루어져 우선 다행이었다.

우리가 몽골의 수도 '울란바토르' 시에서 여장을 푼 곳은 '바얀골' 호텔. 몽골에서는 두 번째 외국인 전용의 호텔이라지만 내부 시설은 우리의 여관 수준 정도로 빈약했다. 그러나 얼마 전까지 가장 폐쇄적이고 은둔의 나라였던 이곳에서는 그것이 조금도 불편스럽게 여겨지지 않았다.

몽골에서는 가장 높은 빌딩이라는 12층 호텔 건물의 꼭대기 층에 방을 잡은 나는 베란다에 나와 조망되는 울란바토르 시내를 둘러보았다.

이 나라 전체 인구의 1/4이 모여 산다는 이 도시의 겉모습은 어디나 다름없는 현대적인 건물이 들어앉은 도시 형태를 지니고 있었다. 굳이 색다른 점이 있다면 도시의 공간이 넓고 레일버스가 가끔씩 눈에 띌 뿐 차량통행이 거의 없다는 점이다.

소련의 '바이칼' 호수로 흘러가는 '툴' 강을 낀 울란바토르 시는 주변이 야트막한 산줄기로 둘러싸인 분지에 들어앉아 있었다.

도시 외곽의 구릉지는 모두가 연초록빛의 초원이어서 잘 가꿔진 골프장을 연상케 하였고, 군데군데 계곡과 경사지에는 검은 빛이 도는 숲지대가 이루어져 있다.

후에 안 일이지만 경사면에만 숲이 이루어진 것은 남쪽의 고비 사막에서 불어오는 찬바람을 피할 수 있는 지형에만 나무가 성장할 수 있기 때문이라고 한다.

4일간 이곳에 체류하는 동안 우리는 여기 사는 교포 2세인 김은송 씨의 도움을 받을 수 있어서 다행이었다. 두 아이의 어머니인 연변 출신의 김씨는 이곳 인민병원에서 일하는 내과 의사로 자진해 통역과 안내자 역할을 해 주어서 큰 도움이 되었다.

천막집 겔에 살며 유목생활

내가 몽골에 머무는 동안 관심을 둔 곳은 농촌지역이었고, 체류 이틀째 되는 날 울란바토르에서 52킬로미터 지점인 '타힐딩어브르'라는 마을을 방문 하였다.

자동차 편으로 그곳까지 가는 길의 양편은 완만한 굴곡의 풀밭이 끝닿는데 없이 펼쳐진 초원이었다.

대륙성 기후에 무더운 여름철이지만, 습도가 적어서 그런 것일까 한국의 가을 날씨가 무색할 정도로 맑고 쾌적한 날씨였다. 완만한 구릉지의 초원에는 양, 말, 낙타 등 가축의 무리가 한가롭게 풀을 뜯는 모습을 볼 수 있었고, 이따금 검푸른 숲지대가 나타나서 구릉에 걸린 구름과 어울려 이국적인 정취를 자아냈다. 특히 가축의 무리가 있는 곳이면 두세 채씩 눈에 띄는 '겔'이라는 이름의 하얀색 천막집은 소년단의 캠프를 대하는 낭만을 느끼게 했다.

강우량이 적은 이 나라는 5월에서 9월까지가 풀이 자라고 나무가 성장하는 여름철이고 나머지는 바로 겨울로 이어지는 대륙성 기후라는 악조건을 지니고 있다.

그러나 습도가 적은 쾌적한 공기에 밝은 햇살, 적정한 강우량이 야생화에게는 천국이었다. 완만한 구릉지의 초원에는 민들레, 붓꽃, 산초롱, 산국화 등 우리나라에서는 봄, 여름, 가을, 계절별로만 볼 수 있는 각가

지 야생화가 이곳에서는 모두 피어나서 그 화사한 모습을 한꺼번에 들어내고 있었다. 특히 도시 근교에 가꾸어진 초원에서 흔히 발견되는 개양귀비와 수선화는 그 화사하고 고귀한 느낌이 일품이었다.

숲이 있는 곳에는 내가 흐르고, 넓은 평원에는 가축 먹이가 될 풀이 자라는 것을 보면, 맥류나 채소 같은 단기 작목은 재배가 가능할 것 같은데, 작물을 가꾸는 농경의 모습은 보이지 않았다.

우리를 안내하던 작가동맹의 사무책임자 '메르겐' 씨는 그 이유를 이렇게 설명했다.

몽골인들이 농사에 손을 안대는 것은 몇 천 년 전통을 이어 내려오는 유목생활과 관계가 있다고 한다. 농경은 한곳에 정착하지 않고서는 안 된다. 그러나 가축을 몰고 목초지를 따라 이리저리 옮겨 다녀야 하는 유목민에게는 농사가 불가능한 것이다. 그래서 이들의 식생활도 젖이나 고기 등을 주식으로 해왔다.

그러나 근래에는 식생활 방법도 바뀌어져 곡물의 수요가 늘어남에 따라 몽골의 남서부 지방인 알타이 산맥 근처에서는 상당수가 맥류나 채소 농사를 하고 있으며, 울란바토르 근처에서도 채소 재배를 하는 농가가 늘고 있다고 한다.

두 시간여 자동차로 달린 끝에 목표한 마을에 도착했다. 원형으로 된 천막집인 겔이 몇 채씩 여기저기 흩어져 있고, 주변에서는 말, 양 등 가축의 무리가 풀을 뜯고 있는 전형적인 유목민 부락이었다.

가운데 버드나무 기둥을 세우고 서까래를 방사선으로 깔고 하얀 양털로 만든 두꺼운 천을 덮어 만든 둥근 모양의 천막집은 잠자리와 취사 등에 필요한 모든 생활도구를 갖추고 있었다.

몽고인들은 이 천막집에서 먹고 자고 애기를 낳아 기르며 몇 천 년을 살아온 것이다.

이들은 대개 일 년에 두 차례씩 이동을 해서 겔을 옮겨 짓는데, 겔을 짓는 시간은 여자가 불을 피워 차를

간단사

끓일 시간이면 남자는 겔의 조립을 완성하고 차를 마실 정도로 빠르다고 한다.

유목민 부락을 방문한 우리는 그 중 큰 겔에 초대받았다. 한국인 모습과 다르지 않은 이 집 주인은 우리에게 '마유주'와 양젖에 밀가루를 반죽해 만든 건빵 비슷한 과자를 대접했다. 마유주는 말젖을 발효시켜 만든 막걸리 비슷한 술로 비릿하고 역겨운 맛이었다.

전국토의 70%가 초원인 몽골에서 목축은 절대적인 기간산업이라 할 수 있지만, 특히 몽골인에게 말은 경제나 생활면에서 빼놓을 수 없는 동물이다.

'어버'라는 돌무더기는 우리의 서낭당

말젖은 몽고인들이 상식하는 마유주의 원료뿐 아니라 치즈나 요구르트 같은 발효식품을 만드는데도 쓰여진다. 말고기 또한 식품이 되고 말가죽은 가죽신이나 생활도구를 만드는데 사용된다.

특히 말은 이들의 발이 되어 주는 교통수단으로서 더한 가치를 지닌다고 한다. 몽골인은 세 살이 되면 남녀 구별없이 어머니로부터 말타기를 배운다. 지금도 유목민의 자녀들은 말을 타고 원거리에 있는 학교를 다닌다고 한다.

돌아오는 길에 우리는 길가에 있는 돌무더기를 발견하고 차를 세웠다.

작은 돌을 쌓아서 이루어진 이 돌무더기는 한가운데에 깃대처럼 막대기를 꽂고 가지각색의 천을 매단 것이 우리의 서낭당과 같은 모습이었다.

몽골에서는 어디서나 흔히 발견할 수 있는 '어버'라는 이름의 이 돌무더기는 질병과 재난을 막는 수호신으로 만들어 놓은 것이라 한다.

우리가 어버를 구경하는 동안 때마침 근처를 지나던 몽골인들이 말에서 내려 어버에 돌멩이 한 개를 제물로 던져놓고 주변을 돌며 기원을 하는 모습을 발견할 수 있었다. 공산정권 수립 후 종교가 말살되어 70여 년의 세월이 흘렀어도 샤먼의 정신은 민중 속에 그대로 살아 있음을 입증하는 광경이었다.

귀로에 우리가 안내받은 곳은 '만치르 계곡'으로 라마교 사원이 있는 곳이었다.

몽골에 티벳 불교인 라마교가 유입된 것은 13세기 말 원나라 초기라고 한다. 그 후 라마교는 정치·문화에 절대적 영향을 주는 국교로서 근대까지 존재해 왔다. 그러나 1924년 몽골은 소련에 의해 공산국가로 탄생한 이후, 라마교의 재산은 몰수되고 절은 폐쇄되었다.

현재 몽골에서 라마 사원으로 활용하고 있는 절은 울란바토르 시에 있는 '간단사'가 유일하다. 간단사는 제13대 달라이라마가 살았던 사원으로도 유명하고, 5만 권의 불서가 보관되어 있어 세계적인 불교문화 연구 자료가 된다고 한다.

몽골 방문에서 특히 인상에 남는 것은 몽골작가동맹이 베푼 초청강연회에서 공연된 이 나라 민속음악이었다.

몽골의 전통악기인 '마두금'이나 '야닥'은 우리의 해금이나 가야금과 흡사했고, 노랫가락도 우리의 민요와 맥락을 같이했다.

알타이 지방의 민요인 '흐미'에서는 우리의 아리랑 가락이 연상되었고, '울린도'라는 몽골민요에서는 정선아리랑에서 맛보는 한의 느낌이 와 닿았다.

몽골은 우리나라와 기후풍토는 상이하지만, 생활풍습은 너무도 비슷한 점이 많은 것을 느끼게 된다.

두 나라 민족은 우랄알타이어족이라는 공통점이 어린아이의 궁둥이에 나타나는 몽고반점으로서도 잘 알려진 사실이지만, 몽골인끼리 대화하는 소리를 들으면 우리나라 사람으로 착각할 정도로 억양과 음색이 우리와 같다. 어휘에도 같은 말이 많고 그들이 샤먼으로 섬기는 석 장승은 제주도의 돌하루방과 같으며 풍습 면에서도 유사한 점이 많은 것은 두 민족의 역사적 원류와의 관련을 뒷받침하는 것이다.

몽골에서의 귀로는 기차 편을 택했다. 유럽에서 출발, 소련을 경유하여 북경까지 운행되는 국제열차는 4인 1실의 침대차로 울란바토르에서 북경까지의 소요시간은 32시간이었다.

어디쯤일까 끝없이 펼쳐진 초원에는 하얀 점들처럼 무리 진 양 떼가 보이고 그 한가운데 목동의 모습도 눈에 들어왔다.

남한의 17배가 되는 넓은 땅덩이에 겨우 대전시만 한 인구가 살고 있는 세계적인 인구저밀도 국가인 몽골. 드넓은 국토에는 광물 등의 많은 자원이 땅 속에서 잠들고 있지만 개발은 엄두도 내지 못하고 있다는 이 나라 사정을 이해할 것 같았다. 아무리 풍부한 부존자원도 이를 개발하기 위해서는 우선 내수기반이 갖춰져야 하는데, 인구의 반 이상이 초원에 흩어져 유목생활을 하고 있는 이 나라에서는 어떤 산업도 내수를 기대할 수 없을 것이다.

수출여건 또한 마찬가지다. 소련과 중국이라는 강대국 사이에 내륙 깊숙이 갇혀 있는 이 나라는 아무리 좋은 자원을 개발한다고 해도 수송경비의 과다로 원거리 수요국까지 운반이 어려운 악조건을 지니고 있는 것이다.

그러나 몽골인들에게는 파괴되지 않은 자연과 훼손 없는 생활전통을 지니고 있다.

그들은 풍족하지는 않지만 최소한 의식주 걱정은 않고도 빈부의 갈등 없이 살아가고 있는 것이다. 우리 눈에는 그것이 못사는 미개국으로 비쳐질지 모르지만 무분별한 개발로 자연이 파괴되고 공해와 갈등에 병들어 가는 선진국 사람들에게는 자연에 순응하며 살아가는 몽골인들을 새로운 가치로 평가될 날이 있을지도 모른다는 생각을 해 본다.

몽골의 한 노인이 돋보기를 이용하여 담뱃불을 붙이고 있다

1991년 장백폭포의 모습

북간도에서 백두까지

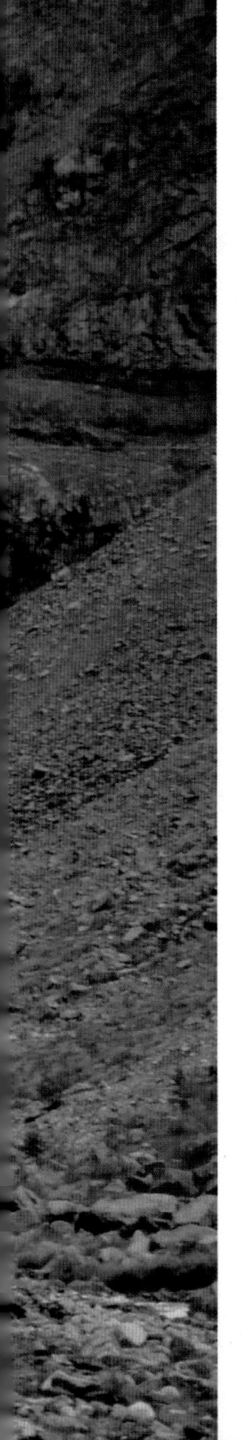

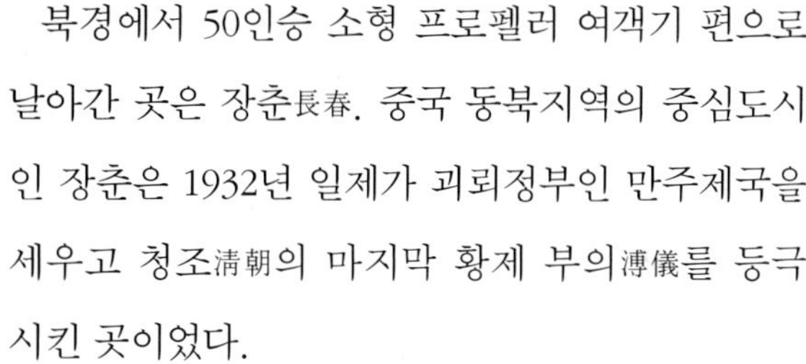

북경에서 50인승 소형 프로펠러 여객기 편으로 날아간 곳은 장춘長春. 중국 동북지역의 중심도시인 장춘은 1932년 일제가 괴뢰정부인 만주제국을 세우고 청조淸朝의 마지막 황제 부의溥儀를 등극시킨 곳이었다.

당시 부의가 기거했던 황궁皇宮은 북경의 자금성에 비해 너무도 작고 초라해 보였다. 지금도 당시의 모습을 그대로 간직하고 있는 황궁은 거짓황궁이라는 뜻으로 '위황궁僞皇宮박물관'이란 간판을 달고 일반에 공개되고 있었다.

궁내부에는 일제 때 관동군의 만행과, 종전 후 사회주의 국가의 대표적인 지탄의 대상이었던 전제군주 부의가 수형受刑 과정에서 일개 평민平民으로 순화되어 가는 과정의 자료를 전시해 놓은 의도적인 역사박물관으로 꾸며져 있었다.

지금은 중국 인민군 동북 사령부 청사로 쓰고 있는 옛날 관동군 사령부 건물 역시 외부 변형없이 그대로 남아 있었다.

붉은 벽돌건물 정문에서 홀로 보초를 서고 있는 중국인민군 초병에게 함께 사진을 찍자고 청하자 그는 쉽게 그러라고 응락했다.

중국을 여행하다 보면 어디서나 제복입은 군인이나 관헌들을 흔히 발견할 수 있지만, 그들은 한결같이 규격화나 관료적인 면이 없는 유연한 느낌을 풍겨주었다.

우리 일행이 이곳 장백산 호텔에서 1박한 후, 장춘을 떠나 비행기 편으로 온 곳은 연길涓吉이었다.

곳곳에 조선족 삶의 모습이

연길은 연변조선인자치주의 소재지로 이 지역에는 한인계 동포가 80만 명이 살고 있다고 한다. 상점마다 한글간판이 달려 있고 언어소통도 되어서 마치 몇 십 년 거슬러 우리나라 어느 도시에 와 있는 느낌이 들게 하였다.

연길에서 지난날 북간도의 중심이었던 용정龍井을 가는 길은 우리의 가곡 '선구자'에 나오는 혜란강이 왼쪽으로 흐르고 그 주변에는 푸른 들판이 펼쳐졌다.

일제 때 우리민족이 북간도에 들어오기 전에는 이곳 사람들은 벼농사를 할 줄 몰랐다고 한다. 그러나 이제는 물을 댈 수 있는 농토에는 어느 곳이나 벼를 심을 정도로 한민족은 이곳을 삶의 터전으로 가꿔 놓은 것이다.

용정행 버스에서 오른쪽으로 보이는 구릉지는 모두가 과수원이었다. 사과, 배나무를 심은 야산 구릉지는 몇 십리를 가도 끊어지지 않고 계속 이어졌다. 연변의 조선족이 가꾸었다는 이 과수원은 아시아에서 가장 규모가 큰 농장이라고 한다. 과수원 군데군데에는 최근에 심은 유목도 상당히 눈에 띄어서 품종갱신이 이루어지고 있음을 나타내 주었다.

몽골에서 북경, 상해, 광주를 거쳐 이곳까지 오는 도정에서는, 한국에서는 이미 자취를 감춘 밀, 조, 수수, 유채, 피마자 등의 대규모 집단재배지를 발견할 수 있었고, 논두렁이나 집 주변 빈터에도 콩, 피마자 등을 심은 것을 볼 수 있었다.

한국과 기후풍토가 같은 위도를 포함하고, 우리 기호에 맞는 농산물을 재배하는 중국은 국제개방시대를 맞아 앞으로 가장 큰 우리의 경쟁상대임을 실감하게 된다. 이미 중국산 농산물은 곡물에서 산채류에 이르기까지 정상 또는 비정상 루트를 통해 국내에 수입되고 있다.

용정을 거쳐 도착한 도문시는 두만강을 사이에 두고 한반도와 마주보고 있는 국경도시. 우리 일행은 북한의 함경북도 남양南陽으로 이어지는 인도교인 도문교 앞에서 발길을 멈췄다.

제복 입은 중국 경찰관이 한가롭게 서 있는 다리 건너가 북한 땅이었다. 100여 미터 남짓한 두만강 건너편에는 전혀 인기척이 보이지 않는 하얀색 칠을 한 건물이 몇 채 서 있고, 그 뒤 산허리에는 흰색으로 '속도전'이라고 새겨 놓은 글씨가 유난히 눈길을 끈다.

민족의 한이 서린 두만강만이 무심히 흐르고 있었다. 두만강, 그러나 그 강은 이제 '노 젓는 뱃사공을 볼 수 있는 맑은 물의 강'이 아니라 회색빛의 불투명한 물이 흐르는 혼탁한 강이었다. 상류지역 북한의 무산제련소에서 그대로 방류하는 공장폐수나 중국 쪽 경공업지대에서 흘러 들어오는 폐수와 생활하수가 그대로 강에 흘러 들어 맑음을 앗아간 오염된 강이었다.

연길 백산호텔에서 하루를 묵은 다음날 우리 일행은 이번 여행의 최후 목적지인 백두산을 향해 길을 떠났다.

전세버스 편으로 장백산맥 산자락을 따라 서남쪽으로 가는 도로 주변에는 60년대 우리나라 산간지 농촌을 여행하는 것 같은 느낌을 들게 하였다.

골짜기마다 낮은 곳에는 벼가 재배되고 경사지에는 콩, 옥수수, 조, 수수 등의 잡곡이 심어졌다. 그 논밭 사이에 이따금씩 초가지붕의 농촌마을이 나타났다.

10여 호씩 집단을 이루며 모여 앉은 농가는 1자형의 단조로운 구조지만, 초가지붕과 싸리 울타리와 마당가에 심어진 댑싸리, 이제 옛 이야기로만 남은 지난날 우리의 모습이 백두산 기슭 간도 땅에는 아직도 남아 있었다.

특히 벌목한 산의 나무를 실어 나르는데 이용되는 좁다란 협궤철로에 철도 보수원들이 수동식 보수차를 타고 달리는 모습 또한 지난날의 한 장면을 연상하게 하였다. 우리가 탄 버스가 백두산 등정의 관문인 장백산 관리사무소에 도착하자 여름 장마의 뒤끝을 장식하는 소나기가 퍼붓기 시작했다.

우리는 거기서 백두산을 오르내리는 전용 지프차에 옮겨타고 백두산 정상을 오르기 시작했다.

백두산에는 하루에도 몇 차례씩 흐리고 개고 비를 뿌리는 일기변화가 일어난다고 한다. 비는 멎지 않았으나 정상에 도착하면 날씨가 개일지도 모른다는 희망을 갖고 가파른 산길을 올라갔다. 그러나 비는 더욱 거세지고 강풍까지 휘몰아쳐서 중도에서 되돌아 오지 않을 수 없었다.

백두에서 바라본 북녘 땅

백두산 입구 천지호텔에서 하루를 묵고 이튿날 아침 다시 등정길에 나섰다. 다행히 비가 멎고 바람도 잤으나 날씨는 여전히 흐려 있었다.

우리 일행이 분승한 지프차는 한 시간여 시멘트 블록 포장이 된 굴곡진 급경사 길을 오른 끝에 정상 근처에 도착했다. 여기서 하차하여 100여 미터 잔돌이 깔린 비탈을 오르면 백두산 정상이었다.

그러나 그곳은 몇 미터 앞도 분간할 수 없이 짙은 구름에 휩싸여 있었다. 우리 눈 아래는 천지가 펼쳐 있겠지만, 안개구름만 눈앞을 스쳐 흐르고 있을 뿐 아무것도 판별할 수 없었다.

우리가 지프차를 대절한 시간은 정상에서 한 시간 정도 지체할 여유밖에 없었다.

이국땅 수만 리를 돌아 백두산 정상에 올랐으되, 백두영봉인 장군봉과 천지를 보지 못하는 한을 남기고 하산하지 않을 수 없었다.

천지호텔로 돌아와 점심을 마치자 구름이 걷히고 날씨가 맑아졌다.

일행의 대부분은 예정된 다음 목적지인 연길을 향해 떠났으나, 몇 사람은 여기까지 와서 천지를 못보고 그냥 갈 수 없다는 생각에 일행과 떨어져 백두산 등정을 다시 한 번 시도하기로 하였다. 그래서 지프차를 교섭하여 다시 백두산을 올랐다.

20여 분 산을 오르지 맑게 개였던 날씨가 다시 구름이 모여들고 빗방울을 뿌리기 시작했다. 중국의 등소평도 세 번이나 백두산을 올랐어도 천지를 보지 못했다던가……. 우리는 적이 실망하지 않을 수 없었다. 그러나 목적지에 도착하자 거짓말처럼 구름이 벗겨지고 햇살이 내비치기 시작했다. 우리는 환호를 지르며 천지가 조망되는 정상으로 달려갔다.

장막에 가려졌던 천지의 푸른 물이 눈앞에 펼쳐지고 그 건너편 북한 지역의 백두영봉이 그 장엄하고 신비한 자태를 나타냈다. 나는 카메라를 꺼내 셔터를 눌러대기 시작했다. 나는 이 순간을 위해서 세 대의 카메라와 그 부속장비가 든 무거운 가방을 메고 이곳까지 온 것이다.

까마득한 벼랑 아래로 한눈에 들어오는 천지는 구름의 움직임에 따라 시시각각 색깔의 오묘한 변화가 일어났다. 햇빛이 닿는 수면은 밝은 청색이 엷은 구름이 가려진 곳은 진청색, 그리고 짙은 구림의 그림자가 드리운 곳에는 보라색 빛깔을 띠어갔다. 그것은 구름의 움직임에 따라 수시로 달라지는 순간적인 변화였다.

바람결을 타고 쉴새없이 흘러가는 안개구름이 언제 또다시 시야를 가릴지도 모른다는 생각에서 정신없이 카메라 셔터를 눌러 대던 나는 옆에서 들리는 인기척에 주위를 둘러보았다. 어느 사이엔가 함께 있던 일행은 보이지 않고, 10여 명의 낯선 동양계 남녀가 주변에 모여서서 기념사진을 찍으며 대화를 나누고 있었다. 짧은 머리에 어설픈 옷차림, 그들의 가슴에는 한결같이 김일성 뱃찌가 달려 있었다.

"…남조선에서 왔다기에 내래 기렇게 설명해 줬시오. 잘 말해 줬지요?"

여러 대의 카메라를 둘러메고 정신없이 사진을 찍어대는 필자를 한국인이 아닌 일본인쯤으로 보았을까, 30대 여성이 우리 일행 중 누구를 만나 건넨 이야기를 50대 남자에게 보고하는 소리인 것 같았다.

저들은 무슨 일로 자기 쪽 구역을 건너편에 놔두고 타국 땅에 와서 백두산을 등정하는 것일까……. 연길에서 남북한 학자들이 참석하는 무슨 국제학술회가 열린다더니 거기 참석차 중국에 왔던 길에 이곳까지 온 북한인일까…….

나는 카메라를 거두고 저들의 모습을 눈여겨보다가 저들과 눈길이 마주치자 그 역반응처럼 시선을 거두고 다시 카메라를 집어 들었다.

같은 말을 사용하는 같은 민족이면서도 보고도 아닌 척 서로 외면해야 하는 분단민족의 비애를 백두산 정상, 그곳에서도 또 한 번 실감하지 않을 수 없었다.

1991 중화인민공화국

　몽골의 수도 '올란바토르'를 출발한 대륙횡단 국제열차는 종착역인 북경을 향해 달렸다. 끝없이 펼쳐지던 연초록의 평원은 차츰 누런 빛깔을 띤 구릉지로 바뀌어가고, 심심치 않게 나타나던 가축의 무리도 찾아 볼 수 없었다. 다만 외줄기 단선 철로 변에 이따끔 모습을 보이는 이름 모를 한역의 초라한 역사驛舍가 이 삭막한 땅에도 어딘가에 사람이 살고 있음을 알려 줄 뿐이다.

　기차가 남쪽으로 달림에 따라 점점 황량해지는 주위 풍경은 알타이 산맥 남서 지역 몽골과 중국의 내몽고자치구에 걸쳐 있는 고비 사막이 가까워지고 있음을 알려주었다.

　해질 무렵에 접어들자 푸른 기가 완전히 가셔지고 갈색의 황토흙으로 이루어진 단조로운 풍경이 전개되기 시작했다. 필자가 차창을 통해 접한 고비 사막은 모래밭이 아니라 진한 갈색을 띤 황량한 구릉지였다.

　객차내 침대에 올라가 잠시 눈을 붙였을 때 누가 잠을 깨웠다. 어디쯤일까 기차는 멈춰 있었다. 국방색 유니폼을 입은 중국의 여자 기관원으로부터 간단한 입국수속을 받았다. 기차는 중국의 북방 관문인 내몽고자치구의 '얼렌(二道)' 역에 도착해 있었다. 우리는 어느덧 중국 땅에 들어와 있었던 것이다.

만리가 넘는 황토흙의 토성

밤사이에 내몽고 지역의 고비사막을 통과하고, 날이 밝자 갈색의 평원 대신 푸른 들판이 아침 안개에 휩싸여 드러나기 시작했다. 차창 밖으로는 드넓은 보리밭이 펼쳐졌다. 한국에는 이미 보리타작을 끝낸 시기이지만 이곳의 보리 이삭은 패려면 아직 먼 것 같았다.

보리밭의 푸른 평원은 어느덧 노란 꽃이 만발한 유채밭으로 이어지고, 다시 옥수수밭으로 바뀌었다.

남쪽으로 향했던 철로가 산서성山西省으로 들어와 다둥(大同)시에 이르자 북동쪽으로 방향을 틀었다. 다둥에서 북경이 있는 하북성河北省으로 가는 길은 왼쪽으로 만리장성을 끼고 연결되어 있었다.

이곳에서 발견한 만리장성은 우리가 TV화면이나 사진에서 흔히 보던 잘 다듬어진 반듯한 돌로 쌓은 석성이 아니라, 황토흙에 석회를 섞어서 만든 황갈색의 토성이었다.

만리장성은 2천 3백 년 전 진시황 때에 3십만 명의 군 병력과 수백만 명의 농민을 동원해서 쌓은 성곽으로, 그 후 역대왕조가 증축을 계속해서, 청조 때 개축한 것이 오늘날 우리가 화면에서 익힌 북경 근처의 돌 성벽이 된 것이라고 한다.

만리장성의 실제거리는 만 리萬里가 훨씬 넘는 1만 5천 리. 달에서 육안으로 볼 수 있는 지구의 유일한 인공구조물이라던가…….

열차는 '다둥'에서 '장자커우'(張家口)까지의 7백 리 길은 계속 황갈색의 만리장성을 끼고 달렸다. 능선과 계곡과 평야지로 계속 이어지는 성곽 곳곳에는 망루가 세워져 있었다. 망루는 성곽에만 있는 것이 아니었다. 성 밖으로 상당한 거리를 둔 지점에 주변을 조망할 수 있는 능선이나 언덕 위에는 일정한 거리를

두고 탑처럼 네모지게 쌓아올린 망루가 서 있었다. 이곳에서 적이 나타나면 봉화로 성안에 신호를 보내 군사를 모아 방비태세를 갖추게 했다는 것이다.

도처에서 우리 새마을운동이

오랜 세월 만리장성을 건설하면서 죽은 사람은 수천만 명이나 된다고 한다. 지금도 성벽을 수리하다 보면 인체의 유골이 흔히 나온다고 한다.

중국인이 이렇게 온 국력을 기울여 미증유의 대역사를 결행한 것은 북방민족인 몽고군의 침략을 막기 위해서였다.

훗날 몽고의 징키스칸이 중국 전토는 물론 유럽까지도 유린할 수 있었던 것은 몽고말을 주축으로 한 기마군단의 위력이었다지만, 특히 중국인에게 있어 몽고말의 존재는 아주 대단한 공포의 대상이었다. 보병은 성벽을 넘을 수도 있지만 기병은 성벽을 무너뜨리지 않는 한 넘을 수가 없다. 그래서 만 오천 리의 장성은 존재하게 된 것이다.

만리장성을 끼고 달리던 기차가 '장자커우'에서 다시 남쪽으로 방향을 잡자 콩과 채소를 재배하는 드넓은 경작지가 나타났다. 이른 아침이었지만 경운기를 타거나 마차를 몰고 일터로 나가는 농민들이 여기저기 눈에 띄었다.

북경을 향해 달리는 도정에서 거쳐 간 크고 작은 도시에서는 대형 건물을 짓고 주택을 고치는 활기찬 건설의 모습을 흔히 발견할 수 있었다. 그것은 마치 새마을 환경개선운동이 한창이던 70년대의 한국의 모습을 보는 것 같았다.

중국을 여행하다 보면 정치적으로는 아직 해빙되어 있지 않으나 경제적으로는 점진적이나마 개방이 이루어져 오랜 잠에서 깨어나는 대륙의 면모를 여러 곳에서 발견할 수 있다.

'울란바토르'를 출발한 국제 열차가 북경 역에 도착한 것은 오후 3시, 이틀 낮과 하룻밤을 기차에서 지낸 32시간 만이었다.

필자가 중국여행에서 들린 곳은 북경을 비롯해 광주廣州, 그리고 장춘, 심양, 연길, 길림, 도문 등 백두산 주변 지역들이었으나, 특히 인상에 남는 곳은 중국 대륙 남단에 자리 잡은 계림桂林이었다. 주변 지역이 계수나무숲으로 우거져 있어 계림으로 불려지게 되었다는 이곳은 유명한 산인 상비산의 평풍바위를 감돌아 '리강'이 흐르고 있어서 절경을 보여준다.

강을 끼고 연결된 관광도로 변 무논에서는 벼 베기가 한참이었다. 7월 초순인데 이곳에서는 벌써 벼를 수확하고 있었다.

주변에 펼쳐진 넓은 들판에는 각가지 밭작물을 재배하는 듯 녹색과 황색 노란색으로 모자이크 되어 있었다.

장화를 신은 농민이 물에 젖은 볏단을 논두렁으로 옮겨놓는 일을 하고 반대편 무논에서는 쟁기로 갈아엎은 논바닥을 고르게 하는 2모작 모심기를 위한 작업을 하고 있었다. 그리고 보니 주변에 녹색, 황색을 띤 들

판은 밭작물이 아니라 모두 벼를 재배하는 논이었다. 일제강점기 때 북간도로 건너 간 조선족에 의해서 착수된 벼농사가 중국의 수만 리 남쪽 변방 지역에까지 전파되어 2모작 3모작이 이루어지고 있는 현장이었다.

상해, 전통의 국제도시

상해는 중국이 공산화되기 이전까지는 세계에서 가장 크고 번화한 국제도시였고, 우리에게는 일제강점기 때 임시정부가 자리 잡았던 곳으로 윤봉길 의사의 항일거사지가 있어서 예사로울 수가 없는 곳이다.

상해의 관문인 황포강黃浦江 연안부두는 상해시의 가장 번화가인 남경로南京路와 인접한 곳으로, 변화하는 중국의 단면을 보여주고 있었다.

황포강의 하류와 연결된 양자강은 강이라기보다는 바다를 연상할 만큼 큰 규모로 3만 톤급의 외항선이 드나들 수 있는 천혜의 양항이라고 한다.

강변을 낀 중산로中山路에는 북경이나 다른 도시에 비해 차량통행이 많고 인파로 붐볐다. 특히 외국관광객이 몰리는 강변의 황포공원 근처에는 호객행위를 하는 잡상인과 암달러상들이 들끓어서, 중국이 통제화된 사회주의 국가라는 것이 실감나지 않았다.

현지 안내인은 우리 일행에게 소매치기를 조심하라고 당부했고 카메라와 손가방을 날치기 당하지 않도록 주의를 주었다. 이런 현상은 상해뿐이 아니다. 외국관광객이 찾아오는 계림이나 북경 등지의 관광명소에서는 정도의 차이는 있어도 어디서나 엿볼 수 있는 광경이었다.

상해는 일찌감치 서양문물을 받아들이는 관문으로 개항이 된 이래, 청조 말에는 영국, 프랑스, 미국 등의 침략을 받고 이들 열강의 반식민지 상태인 조차지租借地로 백여 년의 역사를 겪어오는 동안 서구적인 국제도시로 탈바꿈을 하게 되었다. 그러나 일제가 패망하고 신중국정부가 들어선 후 40여 년간이나 침체 상태에 머물러 있게 되고, 근래에 와서야 개방물결을 타고 다시 변화하고 있다고 한다.

상해는 필자가 본 중국의 도시 중에서 가장 서방 도시다운 색채를 띠고 활기에 넘쳐 있었다. 옛날 명성에 걸맞는 번화가가 있는가 하면 곳곳에 낡은 건물을 헐고 신축중인 빌딩을 볼 수 있었다. 청바지 차림의 남녀 행인들과 화려한 상점의 간판들도 옛날 국제도시 다운 면모를 풍긴다.

상해의 '메인스트리트'라고 할 수 있는 남경로 주변은 중국 제1의 번화가로 대형 백화점이 몰려 있고, 외국 브랜드의 상품을 선전하는 네온사인이 명멸하는 쇼핑가가 형성되어 이국적인 정취를 자아내고 있다.

그 옛날 영국과 프랑스 조차지였던 지역에는 지금도 당시의 서양식 건물이 그대로 남아 있어서 마치 동·서양 양식이 망라된 주택 전시장을 방불케하고, 그리 넓지 않은 도로에는 자동차, 자전거가 어울려 홍수를 이룬다.

근래 상해를 방문하는 한국인들이 자주 찾는 곳의 하나는 일제강점기 때 대한민국 임시정부가 사용했던 가옥이다. 홍구공원에서 30분 남짓한 거리인 그 옛날 프랑스 조차지였던 마당로馬當路에 있는 2층 벽돌집은 다행이 원형 골격은 그대로 남아 있었다.

김구 선생을 위시한 임정요원들이 6년간이나 임시청사로 사용하던 이 낡은 건물은,

우리 정부가 옛 모습대로 복원하여 영구 보존하기 위해 중국정부와 교섭 중이라고 했다. 최근 이곳을 찾는 한국관광객이 늘어가자 중국당국은 나무표지판을 해 달고 아래층 방 한 칸을 비워 임시정부 관계 자료를 모으고 있다고 한다.

상해 임시정부로 사용하던 가옥

하상도시 상해, 하수오염에 관심해야

상해시는 양자강 하구와 연결된 지류인 황포강 연안 해발 5미터 내외의 저지대에 위치한 하상도시이기 때문에 황포강에 연결된 소운하가 발달해서 도로망 구실을 한다고 한다.

4차선 도로 넓이의 소운하에는 나무발동선이 눈에 띄었고, 물의 흐름이 거의 없는 듯 나무 조각과 스폰지 등의 부유물이 떠 있었다. 차에서 내릴 기회가 있어서 가까이 가 살펴보니 운하의 물은 먹물처럼 시꺼멓게 썩어 있었고, 물 썩는 냄새가 고약했다.

경제개발의 초기단계에 있는 중국은 아직까지는 교통이나 공해문제에 대해서는 큰 문제가 유발되지 않고, 또 그 대책 마련에 별 신경도 기울이지 않는 것 같았다. 그러나 앞으로 공장시설이 늘어나고 생활이 향상되어서 산업폐수와 식생활폐수가 급격히 늘어난다면 수질오염은 물론 전반적인 공해문제가 심각해지지 않을 수 없을 것이다.

황하와 양자강 요하 등 중국대륙에서 흐르는 강은 모두 황해로 흘러 들어간다. 세계인구의 1/4이나 되는 12억 중국인이 쓰고 버리는 폐수를 모아가는 대하, 여기에 압록강, 대동강, 예성강 등 오염되어 가는 북한의 강, 그리고 한강, 금강, 낙동강까지……. 수심이 얕다는 오염의 취약성을 지닌 황해바다의 먼 미래는 어이될 것인가.

시커멓게 오염된 상해의 하수

남태평양 서안 해수욕장의 '코스카 베르데'

‘리마’에서 ‘피우라’까지

1984년 4월 나는 UN기구 FAO(세계농업식량기구)와 관련한 사업일로 한 달여에 걸쳐 중남미 지역을 다녀온 적이 있었다.

당시 내가 팀장인 우리 일행 세 사람의 여행 목적은 그 지역의 어려운 주민들을 돕기 위한 임무였기 때문에 그 대상 지역은 잉카 원주민이나 ‘메스티조’(백인과 원주민과의 혼혈인)가 흩어져 살고 있는 안데스 산록의 고대 ‘잉카’ 유적지 주변이 대부분이었다.

서울에서 태평양을 건너 21시간의 비행 끝에 태평양 연안에 자리 잡은 ‘리마’ 공항에 내렸다. 출발 당시 서울은 봄이 시작되는 계절의 한낮이었지만 지구 반대편 남반구에 속한 이곳은 반대로 초가을에다가 한밤중이었다.

‘리마’ 시내에 들어와서 예약된 호텔에 여장을 풀었다. 그리고 시차적응을 위한 휴식을 취한 후 거리 구경을 나선 것은 다음날 오후. 인구 7백만의 ‘페루’의 수도 ‘리마’ 시 도심지는 어느 현대도시나 다름이 없었다.

우리가 숙소로 정한 ‘미라후로레스’라는 호텔 근처 번화가에는 가로공원으로 녹지대가 가꾸어져 있어 즉석에서 잉카풍속화를 그려주는 아마츄어 화가들이 자리를 벌여놓았고, 갖가지 기념품 행상들이 손님을 부르고 있었다.

그러나 일 년 내내 비 한 방울 떨어지지 않는 ‘리마’는 조금만 변두리로 나가도 풀 한 포기, 나무 한 그루 찾아볼 수

리마의 번화가 '미라후로레스'

리마 시내 길거리에 자리 잡은 노점상의 모습

리마 시 교외 황토 언덕

없는 회색빛 황량한 모습의 노출된 구릉과 공터가 드러낸다.

15세기 초 '프랑시스코 피사로'가 이끄는 스페인 군이 남미 대륙에 상륙하여 잉카 제국을 멸망시킬 당시만 해도 '리마'는 태평양을 접한 연안 지역의 메마른 모래언덕이었다고 한다. 그 이후 이곳은 스페인이 식민지를 다스리기 위한 거점으로 발전시켜 오늘의 현대도시가 세워졌다.

혼탁한 리마의 젖줄 '리마크' 강

물이 귀한 리마 시민들은 시내 북쪽을 흐르는 '리마크' 강물을 끌어 쓴다고 한다. 해발 6천 미터나 되는 안데스 고봉에 쌓인 만년설萬年雪이 녹아 흐르는 물줄기가 모아진 '리마크' 강은 무척 수량이 풍부하고 맑을 것이라 상상했으나 막상 그 강을 대하자 나는 스스로의 눈을 의심했다. 그것은 강이 아니었다. 마치 서울 청계천 하류 정도의 강폭과 수량, 게다가, 흐르는 물도 청계천보다 나을 게 없는 탁한 구정물이었다. 맑고 수량이 풍부한 한강, 새삼 우리 한강의 가치가 새롭게 느껴지는 순간이었다.

우리가 '리마'에 머무는 동안에는 때마침 이 나라 최대 축제인 '카토릭페스티발'이 열리는 기간이었다.

리마 중심부인 '프라자 데 아르마스'에는 15세기 초에 지어진 스페인 정청政廳과 리마 대성당을 비롯해서 대통령관저, 시청 등 주요기관이 둘러서 있고 아르마스 광장에는 축제를 즐기려는 많은 시민들이 나와 있었다.

리마 대성당

　대형분수대를 가운데 둔 드넓은 광장에는 운집한 시민들과 꽃 장수, 솜사탕 장수 등의 행상과 차량까지 합세해서 몹시 혼잡했지만, 교통을 정리하는 순경 한 사람 눈에 띄지 않았다. 다만 대통령관저 앞에는 하얀색 유니폼을 입은 경비병 두 사람이 서 있을 뿐이었다. 어디서고 제복 입은 사람이 눈에 띄지 않는 것은 그만큼 여유 있고 자유스러운 느낌을 갖게도 한다.

흙벽돌의 신전 '파차카막'

　우리가 처음으로 잉카 문명의 유적을 대한 것은 이곳 체류 이틀째, '리마' 남쪽 해안 고속도로를 따라 31킬로미터 지점에 있는 '파차카막' 유적지에서였다.

　원주민 언어로 '세계의 정복자'라는 뜻의 '파차카막' 신전은 기원 전후해서 이곳에 살았던 중앙안데스의 원주민과 후에 이곳을 정복한 잉카 인의 유적이 남아 있는 곳이다.

　태평양이 내려다보이는 불모의 황토 언덕에는 돌과 흙으로 만들어진 해와 달의 신전인 피라미드와 여기 종사하는 잉카 처녀들을 교육시키던 건물 일부가 남아 있었다.

　옛날 잉카 인들은 특히 금과 은의 세공에 뛰어난 기술을 지니고 있었고, 종교의식에 사용하는 엄청난 양의 황금제품을 갖고 있었다. 그러나 이렇게 많은 황금을 소유한 것이 유럽의 약탈자를 불러들이게 되고, 급기야는 제국의 멸망과 문명을 파괴하는 비극을 자초했다.

잉카 제국이 피사로의 스페인 군에게 멸망하기 전 '피차카막' 신전에는 많은 수의 금과 은으로 만든 신상 神像이 있었다고 한다. 그러나 잉카 제국이 정복당한 후 스페인 군이 이곳에 와 보니 그 많던 황금은 어디론가 자취를 감추고 하나도 없었다. 그래서 그 보복으로 신전을 모두 불태워지고 철저하게 파괴되었다는 것이다.

현재 이곳에 남은 유적 중에서 그래도 원형이 보존된 것은 '마마쿠나' 궁전으로 그 내부에는 똑같은 규격의 네모진 방 수십 개가 미로와 같은 좁은 복도로 연결되어 있었다. 이곳에서는 각지에서 뽑혀온 잉카 처녀들을 교육시켜 신전이나 잉카 귀족의 시중을 들게 하였고, 특별히 선발된 일부 처녀들은 태양신에게 바쳐지는 제물로 희생되기도 했다고 한다.

이곳에 현존하는 잉카의 구조물들은 대부분이 진흙을 반죽하여 햇볕에 말린 흙벽돌로 만든 것인데, 몇 천 년이 지난 오늘까지 남아 있는 것은 전혀 비가 오지 않는 기후 때문이라고 한다.

'피차카막'에서 돌아오는 길에 찾은 곳은 '코스카 베르데'. 리마에 온 이국인이면 거의 들러 가는 해수욕장을 낀 음식점이다.

해변 모래사장에 만들어 놓은 초막 아래 '피스코'라는 독주에 곁들여 생선요리를 먹으며 즉석으로 연주하는 라틴음악을 들었다.

음악 한 곡을 연주해 주는 데 지불하는 사례는 우리 돈으로 천 원 정도였다. 3인조 보컬그룹이 기타 반주로 들려주는 첫 곡은 '철새는 날아가고'(El Condor Pasa). 이 노래는 사이먼과 가펑클의 노래와 제임스 라스트 악단의 경음악으로 귀에 익은 곡이어서 콧노래를 따라 불렀더니, 페루 공무원인 안내인이 어떻게 아느냐고 반색을 한다. 사이먼의 노래가 아니냐는 나의 대답에 안내인은 이 애절한 선율의 노래가 바로 잉카 원주민의 민요를 편곡한 것이라고 알려준다.

메마른 황토 언덕의 피우라

'리마' 체류 3일 만에 비행기 편으로 옮겨간 곳은 적도 근처 페루 북부 지역의 '피우라' 주. 그 옛날 잉카 제국의 황금 약탈을 위한 원정길에 나선 피사로의 스페인 군이 처음으로 상륙했던 '툼베스'의 근접 지역이다.

리마 주변과는 달리 이곳은 적도 가까이 위치한 곳이라 몹시 더웠다. 공항에서 주정부가 있는 '피우라'로 가는 도로 연변은 삭막하기 이를 데 없었다. 포장은 되어 있으나 가로수 한 그루 서 있지 않은 도로에는 헤드라이트가 깨지고 우그러진 화물 자동차가 지방민을 태우고 질주하고, 짐을 싣고 사람을 태운 조랑말이 뒤뚱거리며 지나간다. 도시를 벗어나면 흔히 볼 수 있는 조랑말은 이곳에선 아직도 주요 교통수단의 하나로 과거와 현재의 문물이 공존하는 조화를 보여준다.

리마에서 1천 킬로미터 거리의 이 지역 역시 강우량이 적어 메마른 황무지가 대부분이나 안데스 산맥에서 흘러오는 피우라 강과 치타 강 유역은 강물을 농업용수로 이용한 이 나라 최대의 곡창지대를 이루고 있다.

그러나 일부 백인 소유의 큰 농장을 제외한 다수의 농민들은 원시형태의 농사로 겨우 생계를 유지해 나가고 있으며, '메스티조'(혼혈인)와 원주민이 대부분인 이들 또한 못살고 가난하기는 마찬가지다.

피우라는 페루 최대의 농경지역이다.
그러나 '메스티조'와 잉카 원주민의
주거지역인 지역민의 삶은 풍요롭지 않다

풀 한 포기 돋아나지 않는 메마른 황토 언덕에 헌 나무상자를 엎어 놓은 것 같은 그들의 주택을 가보면 초라하기 그지없다. 집안은 방과 부엌이 따로 없는 맨흙바닥이고 어떤 집은 비좁은 집안 한쪽을 판자로 얼기설기 막아 놓고 돼지와 닭을 길러서 냄새를 진동시킨다.

더욱이 '피우라' 주는 기상이변으로 인해 세계적인 뉴스의 초점이 된 재해지구이기도 하다. 지난 해(1983), 연간 평균 강우량이 고작 1백 밀리미터밖에 안 되던 메마른 땅에 갑자기 폭우가 쏟아져 이곳의 모든 집과 논밭이 홍수에 휩쓸리는 변을 당했다고 한다. 아직도 그 상처는 가시지 않아 곳곳에 그 흔적이 남아 있었고 내가 찾은 어떤 마을에서는 외국 원조기관이 설치한 무료 급식소에서 점심을 타가기 위해 아이들이 줄지어 서 있었다.

밥그릇을 들고 서 있는 황색피부에 왜소한 동양인들을 닮은 그들을 대하는 순간 나는 콧등이 시큰해지는 숙연한 느낌을 받았다. 그것은 6·25의 와중에서 보내야 했던 내 어린 시절의 주변 모습이 떠올려지고, 지난날 이민족에게 핍박받고 짓밟히던 내 나라 백성의 한이 되살아나는 동류의식에서였을까…….

옹기가마와 노천시장

어느 곳에서나 서민들의 시장을 가보면 그 지역민의 살아나가는 모습을 읽을 수 있고 그 지역민의 습성과 체취를 감지할 수 있다.

피우라 시 근교의 노천시장을 거쳐 찾아간 변두리 농촌마을에서는 옹기가마를 구경하는 기회가 있었다.

진흙을 개고 물레에 걸어 그릇모양을 만드는 광경이 우리와 비슷했으나, 가마의 형태는 땅 위에 구덩이를 파고 그대로 질그릇을 구워내는 '노천가마'로 우리나라에서는 삼국시대 이전에나 사용했던 원시적인 방법이었다.

유약도 바르지 않는 투박한 옹기그릇은 아직도 지방민들이 사용하는 생활용품으로, 특히 그릇 종류는 물을 져 나르기 위한 용구가 대부분이라고 한다. 물이 귀한 이곳에서는 원거리에서 물을 운반해 오기 위해서 이러한 옹기그릇이 필요했을 것이다.

이날 점심은 그 마을 근처 시골식당에서 대접받았다. 마치 지난날 우리나라 장터 주막을 연상케 하는 그 음식점은 나무판자로 만든 투박한 의자가 낯설지 않았고, 하늘만 차일로 가린 안마당의 노천 주방도 흔히 보던 우리 것이었다. 연기에 그을린 화덕에 장작을 피워 음식을 끓이는 모습이며, 그 옆에서 수수한 옷차림으로 채소를 다듬는 시골아낙의 모습이 그 옛날 우리나라 시골장터의 추억을 일깨워 주었다.

바나나튀김과 양고기볶음요리는 별게 아니었으나, 토기항아리에 담아서 바가지로 떠 마시는 '치차'라는 술맛은 더욱 우리 것과 흡사했다. 옥수수로 빚었다는 인디오의 민속주 '치차'는 빛깔과 맛이 우리의 막걸리였고, 바가지로 떠 마시는 방식도 우리 풍습 그대로였다.

날씨가 몹시 덥고 건조하여 갈증이 심한 터라 권하는 대로 서너 바가지 마시고는 탈나지 않을까 내심 걱정했으나, 별일이 없었던 것을 보면 우리는 이들 황색피부의 종족들과 체질 면에서도 어떤 공통점을 지니고 있는 게 아닐까…….

피우라의 '노천가마' 풍경.
질그릇은 산화되어 붉은색을 띄며
물을 담는 용도로 주로 사용된다고 한다

파우라 시내의 시장 풍경

파우라 시 외곽의 서민 주택

'쿠스코' 그 '잉카'의 왕도여

잉카의 심벌마크인 태양이 요란하게 그려진 페루 항공의 소형 여객기는 이른 아침 리마 공항을 이륙해서 태평양 반대편 안데스 고원을 향해 날아갔다.

가도 가도 나무 한 그루 없는 황량하고 메마른 모습만 드러내던 능선들이 고지대로 들어섬에 따라 군데군데 하얀 눈을 쓰고 있는 모습이 내려다보였다.

이윽고 만년설을 인 산봉우리가 늘어선 준령을 넘어서자 굴곡진 계곡 아래부터 차츰 녹색 빛을 띠기 시작했다. 남북을 가로지르는 안데스 산맥을 분수령으로 해서 반대편 브라질 쪽으로는 녹색 빛깔이 점점 짙어졌다.

한 시간여 비행 끝에 비행기는 녹색으로 뒤바뀐 협곡분지 활주로에 곡예 하듯 내려앉았다.

이곳이 남미 최대의 고대 유적도시인 '쿠스코 Cuzco'. 해발 3천 4백 미터나 되는 안데스 고원 분지에 자리 잡은 '쿠스코'는 11세기 초 잉카족이 이곳을 수도로 정하고 왕국을 세운 이후 점점 그 세력을 키워 15세기 무렵에는 남미 최강의 대제국을 건설하였다. 당시 '쿠스코'는 인구가 30만이나 되는 대도시로 로마나 아테네에 버금가는 찬란한 잉카 문명을 꽃피웠으나 어이없게도 '피사로'가 거느리는 2백여 명의 스페인 군에 의해 정복당했다. 5백 년 이어져 내려온 왕조는 하루아침에 무너져 버렸고, 석조건축과 금은공예의 극치를 이루었던 잉카 문명도 그 명맥이 끊기고 파괴되었다.

'쿠스코'의 기후는 우리나라의 가을 날씨처럼 맑고 쾌적했다. 그러나 비행기 트랩을 다 내려오기도 전에 호흡이 가빠지고 몸을 움직이는데 불편이 느껴졌다. 고산지대의 산소결핍 상태에서 오는 증상이었다.

주변 녹지대에 코스모스가 만발한 공항을 나서자 마중 나온 현지 안내 공무원이 카메라를 조심하라고 주의를 준다. 비행기에서 내려 몇 발자국 옮기는 데도 숨이 가쁘고 힘이 드는 것을 보면 누가 카메라를 채 가지고 내뺀다고 해도 속수무책일 수밖에 없을 것이다.

이곳에 오는 외지사람이면 몇 시간 누워서 휴식을 취해야 풍토적응이 된다고 한다. 그래서 우선 예약된 호텔로 가서 쉬기로 했다.

스페인풍의 낡은 목조건물인 호텔방에 들어서자 호텔종업원이 차茶를 가져왔다. 연록색 빛이 나는 이 차는 이 지역 특산물인 '코카Coca' 나무 잎을 따서 만든 것으로, 이곳 원주민들은 신비한 약효를 지낸 보양제로 여기고 있다고 한다. 고산지대에 사는 인디오들이 급경사진 밭에서 하루 종일 힘든 작업을 해도 지치지 않는 것은 사철나무 비슷한 관목의 일종인 코카나무 잎을 씹으면서 일을 하기 때문이란 것이다.

몸에 좋다면 지렁이와 독사도 마다않는 극동 반도국의 한 사람인 나로서는 그런 이야기를 듣고 코카 차를 마시는 데에 인색할 수가 없었다. 두어 시간 쉬는 동안 슬금슬금 눈치 보아가며 서너 잔이나 계속 마셔댔더니, 그날 저녁부터는 설사가 나서 곤경을 겪지 않으면 안 되었다. 옛말에도 과過는 화禍를 낳는다고 했던가, 피우라에서는 막걸리 맛의 '치차' 술을 세 바가지나 퍼마셔도 아무 탈이 없었는데 이 보양차는 체질에 맞지 않는 것일까…….

쿠스코 모두가 역사박물관

점심 후 호텔을 나섰다. '쿠스코' 시는 마치 타임머신을 통해 몇 백 년 세월을 거슬러 올라간 시점에 데려다 놓은 것 같은 착각이 들 만큼 중세의 모습을 그대로 간직하고 있었다.

돌 블록을 깐 도로 양측에는 스페인식 건물이 줄지어 서 있었다. 정교하게 돌을 다듬어서 종이 한 장의 틈도 없이 쌓아놓은 축대와 도로는 모두 잉카의 유물이고, 그 위의 건물은 스페인 사람이 지은 것이라고 한다.

관광안내 영문책자에는 '쿠스코'의 건축물은 잉카와 스페인의 합작문화의 소산이라고 쓰여 있었지만 스페인이 잉카 정복 후 잉카의 왕궁과 신전을 모두 헐어버리고, 그 축대 위에 자기들 건축물을 세운 행위가 합작문명이라고 하기에는 너무도 석연치 않는 거부감이 드는 것이다.

'쿠스코'를 비롯한 안데스의 고원 지역은 세계에서 지진이 가장 심한 곳이라고 한다. 그러나 몇 백 년 전에 잉카 인이 만들어 놓은 건물과 유적은 수없이 겪은 지진에도 그 원형이 변하지 않고 오늘날까지 남아 있다.

잉카를 정복한 스페인 인들은 원주민들을 위압하기 위해서 각종 행정건물과 교회 등을 건축했으나 몇 해를 부지하지 못하고 지진에 모두 쓰러졌다고 한다. 그래서 스페인 사람들은 잉카의 왕궁이나 신전 같은 건물들을 모두 부셔버리고, 잉카 인이 만든 축대 위에 그들의 건물을 세우기 시작했다.

잉카 인이 만든 보도와 석축 위에 서구인(스페인)의 건물들이 들어섰다. 침략자(서구인)가 세운 건물들은 지진에 몇 번이나 무너져 내렸지만, 종이 한 장의 틈도 없이 정교하게 쌓은 잉카 인의 석축은 수천 년 변함없이 유지해온다.

인구 30만의 '쿠스코' 시 전경

잉카의 신전 자리에 들어선 '산토 도밍고' 성당

쿠스코에 오늘까지 남아 있는 스페인의 건축물들은 거의가 이렇게 지어진 것으로, 그 대표적인 건물의 하나로 잉카의 가장 큰 신전이었던 태양의 신전 자리에 지어진 '산토·도밍고' 교회가 있다.

아무리 심한 지진에도 견뎌내는 건축물을 지을 수 있었던 잉카 인들의 석조건축술은 놀라운 수준으로서, 지금도 일본 등 지진피해가 많은 국가들은 이곳에 연구팀을 보내 잉카의 내진耐震 건축술을 연구하고 있다고 한다.

고색창연한 정취를 풍기는 '쿠스코'는 시가지 전체가 하나의 거대한 역사박물관 구실을 하고 있었다.

잉카 유적에서 석조건축술과 함께 손꼽히는 것은 금과 은의 세공기술이라고 한다.

'금·은세공'의 불가사이

쿠스코박물관에는 잉카 귀족의 '미이라'와 함께 금을 종이처럼 얇게 가공해서 만든 금제품들이 전시되어 관심을 끈다.

잉카 인들이 금을 생산하고 세공하는 데에 뛰어났던 것은 그들이 가장 신성시하던 태양신에게 제사하기 위한 도구는 모두 금제품을 사용했기 때문이다. 특히 태양신에게 제물로 바쳐지는 처녀의 배를 가르는 데 사용했던 '투미Tumi'라는 이름의 칼은 반드시 금으로 만들었다고 한다.

그 옛날 피사로가 이끄는 스페인 군이 페루의 중부도시 '카하마르카'에서 잉카의 마지막 왕 '아타우왈파'를 사로잡고 몸값으로 금을 요구했을 때, 잉카 인들은 요구하는 대로 매일 말과 등짐으로 금은보화를 실어 왔다고 한다. 그래서 스페인 군은 금을 간편하게 본국으로 운반하기 위해 현지에다 대형 도가니를 만들어 놓고 잉카가 보내오는 각양각색의 금제품을 녹여 금궤를 만들어냈다.

허나 그야말로 황금에 눈이 먼 약탈자들은 더 많은 금을 차지하겠다는 욕심으로 볼모로 잡은 왕을 죽이자 잉카 인들은 더 이상 금을 가져오지 않았다. 그래서 스페인의 약탈자들은 금이 있을 만한 잉카의 본거지를 뒤지며 혈안이 되어 노략질을 해댔으나 그 많던 금은 모두 어디로 사라졌는지 한 점도 발견할 수 없었다. 그러나 여기서 더욱 불가사의한 점은 당시 잉카의 정복자들은 페루에서 동과 은 광산을 발견했지만 금광은 전혀 없었다는 것이다. 그렇다면 당시 잉카 인들은 어디서 어떻게 금을 생산했으며, 또 그 많은 금제품은 갑자기 어디로 모두 사라졌단 말인가……. 일설에는 왕이 죽자 잉카 인들은 그들이 보유하고 있던 금은보화를 모두 '쿠스코' 남쪽에 있는 '티티카카Titicaca'호수 깊은 물속에 수장해 버렸다는 이야기가 있으나, 이제까지 그것을 입증할 만한 증거는 아무것도 발견하지 못했다고 한다.

'사크사와만' 성채

'쿠스코'시가 내려다보이는 북쪽 언덕에 있는 '사크사와만' 성채는 잉카의 10대왕 '토파유팡키'가 축성을 착수한 이래 매일 3만의 인부를 동원, 80년에 걸쳐 완성한 것으로 현재는 성채의 거석군巨石群만이 남아서 외래 관광객에게 구경거리가 되어 주고 있었다.

이 성채는 잉카의 왕도王都 '쿠스코'를 방비하기 위해 만든 요새로서, 여기에 사용한 수만 개의 화강암은 모두 다른 지역에서 운반해 온 것이라고 한다.

당시 잉카 인들은 과학문명을 뒷받침할 만한 문자도 없었고 철과 수레를 사용할 줄도 몰랐다고 한다. 그렇다면 큰 것은 무게가 2백 톤이 넘는다는 이 많은 바위 돌을 어떻게 운반해 왔으며 어떤 연장을 사용해서 성을 쌓았단 말인가. 이 또한 아무도 풀지 못하는 불가사의한 의문으로 남아 있는 것이다.

'사크사와만' 성채유적지에는 많은 관광객들이 눈에 띄었다. 거의가 L.A나 마이애미에서 주말관광차 날아온 미국인들이었다.

울긋불긋한 모직물로 짠 잉카의 전통의상을 차려입은 인디오 원주민들은 가족 단위로 몰려다니면서 관광객들의 사진촬영에 응해주고 돈을 받는다. 그들은 양과 낙타의 중간쯤 되는 '라마'라는 가축을 끌고, 그들의 조상이 사용하던 나무로 만든 원시적인 농기구와 베틀 등의 민속용품을 가지고 나와 기념사진을 찍게 하고 손을 내밀었다.

불과 몇 백 년 전에는 서구의 어느 문명권에도 뒤지지 않는 찬란한 문명을 창조했던 잉카의 후예들은 그들 조상이 남긴 역사유물을 밑천삼아 생활을 영위하고 있는 것이다. 그들 조상을 정복하고 그들의 전통문명을 파괴한 이민족에게 적선을 받아 살아나가는 이들 잉카후예의 초라한 모습이 서글프게 느껴지고 이들에게 동정이 가는 것은 어인 일인가…….

수도 '쿠스코'를 방비하기 위해 근교에 마련하였던 '사크사와만' 성채

'사크사와만' 성채

잊혀져 버린 공중도시 '마추픽추' 전경. 1984. 4.

잊혀저 버린 공중도시

'쿠스코Cusco'는 고원지대 기후답게 낮과 밤의 기온차가 심했다.

겨울내의가 생각날 정도로 한기가 느껴지는 쿠스코호텔에서 하루를 지낸 다음날 아침, 예정된 목적지를 향해 출발했다.

우리가 찾아가는 곳은 전형적인 잉카의 농업지역인 피사크Pisac라는 작은 도시였다.

현지 공무원이 몰고 온 고물의 웨건 승용차는 급경사의 계곡이 까마득히 내려다보이는 능선 기슭을 따라 동북쪽으로 이어진 도로를 달렸다.

길은 아스팔트로 포장이 되어 있었다. 외채에 허덕이는 페루 정부가 이런 험산오지에까지 포장을 해 놓은 것은 외국 관광객을 끌어들이려는 배려였겠으나, 한참을 달려도 엇갈리는 차량 한 대 눈에 띄지 않는 것을 보면 별로 투자 효과가 없는 것 같았다.

도로 표면에는 해토 직후의 부실공사 현장을 보는 것같이 군데군데 아스팔트가 갈라지고 뒤틀려 있었다. 이 나라도 엉터리 공사가 많은 모양이라고 생각했으나, 곧 그것은 지진에 의해 생겨진 상흔이란 것을 깨닫게 되었다.

이곳 도로는 대부분이 잉카 이전부터 만들어진 것으로, 잉카 제국은 페루, 볼리비아, 에콰도르,

콜롬비아, 칠레, 아르헨티나 등 남미 전역에 걸친 광대한 영토를 통치하기 위해서 이런 산간지에서도 각지로 연결하는 도로망을 건설했다고 한다. 유럽에서는 모든 길이 '로마로 통한다'는 속담이 있지만, 남미에서는 모든 길이 '쿠스코'로 통해 있었던 것이다.

잉카 인들의 젖줄 '우루밤바'

능선과 계곡을 오르내리는 도로 주변의 구릉지에는 보리와 감자, 옥수수를 심은 밭이 일구어져 있어서 작물에 따라 각기 다른 색깔로 모자이크 되어 있었다.

장에라도 가는 것일까, 곡물 짐을 실은 당나귀를 모는 인디오 부자父子가 마냥 한가롭게 보였고, 자동차에 놀라 도망치는 송아지를 뒤쫓는 목동의 모습이 한 폭의 그림처럼 펼쳐졌다.

특히 인상적인 것은 곳곳에 무더기로 피어 있는 개나리꽃이었다.

내가 서울을 출발하기 전에도 가는 곳마다 개나리가 만발해서 화사로운 봄기운이 충만해 있었는데, 우리나라와 계절이 정반대인 이곳에서도 개나리꽃을 볼 수 있다는 것은 여간한 반가움이 아니었다.

그러나 차를 세우고 가까이 접근해 보니 그것은 개나리꽃이 아니었다. '리가마Rigama'란 이름의 관목인 이 나무는 작은 이파리가 윤기도는 노란빛을 띠고 있어 멀리서 보면 개나리꽃과 같은 모습이었다.

리가마

비탈진 안데스의 산길을 달리기 한 시간여. 주변 풍경을 조망할 수 있는 능선 위에 이르자 안내인이 차를 세웠다.

계곡 아래쪽에는 한줄기 내가 흐르고 있었고, 내 건너에는 성냥갑 같은 가옥들이 오밀조밀 모여 있는 모습이 멀리 내려다 보였다.

저 내가 '아마존' 강의 상류원인 '우루밤바' 강이고, 그 유역의 촌락이 '피사크'라고 안내인이 일러준다.

세계에서 가장 수량이 많고 큰 강인 아마존의 원류源流가 저런 실개천이라는 사실과, '리마'의 해변가 음식점에서 듣던 잉카 민요의 곡목이 '우루밤바'였다는 데에 호기심이 갔다.

'쿠스코' 시 근처에서 발원하여 안데스 고원의 계곡을 흐르는 '우루밤바Urubamba' 강의 유역은 잉카 문명의 발상지였다.

중국의 황하나 인도의 갠지스 강, 이집트와 메소포타미아 등 세계문명의 발상지는 모두 큰 강을 낀 평야지대에 이루어졌지만, 유독 잉카 인만은 산간고원지대에 터전을 잡고 문명을 일으킨 점이 색다른 특징이겠으나, 이들 역시 '우루밤바' 강을 생활의 근거로 삼은 공통성을 지닌다.

그 옛날 '잉카' 인이 신성한 농토로 추앙하던 이곳 '우루밤바' 계곡의 평야지대는 지금도 '쿠스코' 주에서는 가장 큰 곡창지대라고 한다.

'피사크'의 스페인식 식당에서 점심요기를 한 우리들은 잉카 원주민의 촌락을 방문하기 위해서 경사진 산길로 차를 몰았다. 협소하고 굴곡진 비포장길이었지만 그런대로 손질이 잘 되어 있었다.

얼마쯤 산기슭 위쪽을 향해 올라와서 다시 눈 아래로 '우루밤바' 골짜기가 내려다 보이는 언덕에 이르자 잉카의 석조 유적이 나타났다.

태양의 신전인 탑 같은 원통형 건물을 중심으로 네모 반듯하게 다듬어진 돌을 쌓아서 만든 구조물들은 잉카의 장례의식이 거행되던 공동묘지 시설의 일부라고 한다.

'쿠스코' 주변의 광활한 안데스 고원에는 모두가 잉카의 고대 유적지라고 할 정도로 석물이나 축대가 곳곳에 널려 있었다.

문명과 담쌓고 사는 원주민들

잉카의 유적지를 지나 얼마쯤 더 올라가자 산비탈에 옹기종기 모여 앉은 원주민의 가옥들이 보이기 시작했다. 여기부터는 길이 협소하고 경사져서 자동차가 움직일 수 없어 우리는 차를 내려 걸어서 마을로 들어갔다.

동네 입구 공터에는 개처럼 놓여 먹이는 돼지가 땅바닥을 들쑤시며 나다니고, 어디선가 동네 조무래기들이 몰려들어서 낯선 이방인에게 호기심 어린 눈길을 보낸다.

인디오의 마을로 들어서자 나는 지난날 우리나라의 산간지 마을을 대하는 것 같은 착각이 들었다. 흙벽에 초가를 인 일자형의 인디오 가옥은 옛날 우리나라 두메 마을에서 흔히 보던 낯익은 모습이었다.

카메라를 들이대자 전통의상을 입은 인디오 처녀가 수줍은 듯 집안으로 숨어버린다. 낯선 방문객을 경계하거나 적대시하는 눈치가 전혀 보이지 않는 그들은 퍽 순박한 모습이었다.

우루밤바 강

84. 6 現代 P

잉카 원주민의 마을인 이곳에서는 살림도구도 모두 자기들 조상이 쓰던 것을 사용하며, 생활 방식도 옛날 것을 그대로 답습한다고 한다. '쿠스코' 주의 대부분 인디오 마을은 이곳과 마찬가지이고, 지금까지도 안데스의 깊은 산속에는 문명세계와의 전혀 교류를 하지 않고 모든 물자를 자급자족하는 원시 형태의 생활을 해 나가는 곳도 상당히 있다고 한다.

'잉카테라스'의 계단식 밭

인디오 원주민 마을을 들러서 다시 안내된 곳은 그들의 경작지였다.

그들은 해발 3천 미터나 되는 산기슭 경사지에 '잉카테라스Inca Terrace'라고 불리는 계단식 밭을 만들어 농사를 짓고 있었다.

경사가 너무 가팔라 우리의 상식으로는 도저히 농토를 만들 엄두를 내지 못할 지형이었으나, 그들은 축대를 쌓아 계단식으로 땅을 평평하게 고른 다음 보리나 '키노아'(수수와 조의 중간쯤 되는 곡물) 등을 재배하고 있었다.

계단식 밭의 축대는 경사도에 따라 한길 정도의 높이에서 이삼십 미터도 되는 데도 있었는데, 이러한 시설은 대부분이 5세기경에 만들어진 것이고, 축대 위의 흙도 그 당시 다른 데서 운반 해다가 객토를 한 것이라고 한다.

그 옛날 잉카 인들은 얼마 되지 않는 농토를 일구기 위해 돌을 다듬어서 아무리 심한 지진에도 무너지지 않을 만큼 견고한 축대를 쌓고, 알려지지 않은 먼 곳에서 흙을 옮겨다 부었다니 어떤 장비로 어떻게? 그저 놀라울 뿐이다.

날씨는 우리나라의 가을날처럼 맑고 쾌적했다. 먼지 한 점 없는 투명한 대기를 통과해서 피부에 와 닿는 따가운 햇볕이 상쾌한 느낌을 더해 주었다.

마침 그때 내가 찾아갔던 '잉카테라스'에서는 왜소하고 갈색 피부의 인디오 농부가 낫으로 목초로 쓸 풀을 베고 있었다. 갓 베어져 볕이 닿는 곳에 넣어놓은 풀 위에는 송장메뚜기 한 마리가 날아와 쉬고 있었고, 생풀 말리는 냄새가 물씬 풍겨왔다.

나는 언제인가 한번 와본 것 같은 강한 느낌과 함께, 문득 까맣게 잊고 있던 오래전 기억의 한 장면이 생생하게 떠올랐다.

내 어릴 적 추석이 되면 나는 성묘를 가는 아버지를 따라 나서곤 했다. 아버지는 성묘를 올 때마다 손수 할아버지 산소의 풀을 깎았다. 그때도 유난히 맑고 청명한 날씨였다. 아버지가 깎아 놓은 잔디 풀에서는 따가운 가을볕에 생풀 말리는 냄새가 향긋하게 풍겨왔고, 어디선가 송장메뚜기가 금빛 날개를 번뜩이며 날아와 앉아 해바라기를……. 지구 반대편 안데스 산록에서 갑자기 망각 속에 묻혀 있던 지난날이 되살려지는 것은 이곳과는 전생의 무슨 인연이 있어서인가…….

잉카 최대의 유적 '마추픽추'

잉카 문명의 정수精髓라고 할 수 있는 유적지는 세계 7대 불가사의의 하나로 꼽히는 '마추픽추Machupicchu' 성채도시다.

'피사크'를 방문하고 다음날 아침 '마추픽추'를 향해 출발했다. '쿠스코'에서 '마추픽추'까지는 100킬로미터가 넘는 거리지만 안데스 지역 험산오지에 자리를 잡고 있어 일반 육로나 항공 편도 닿지 않고, 협궤狹軌의 단선 철도가 그곳과 연결되는 유일한 교통 수단이다.

'쿠스코'에서 마추픽추 사이 중간지점에는 역시 잉카 유적지의 하나로 알려진 '올란타이Ollantay'라는 작은 고을이 있고, 그곳까지는 육로가 개설되어 있어 우리는 안내인(페루공무원)의 웨건으로 여기까지 와서 주변 유적지를 구경한 후 기차로 바꿔 타기로 했다.

이 쪽의 도로는 경사가 심한 '피사크' 지형과는 달리 부드러운 굴곡의 구릉지 위로 나 있어 자동차 여행을 하기에는 적격이었다. 그러나 이날따라 날씨가 흐리고 가랑비까지 뿌리고 있어 주위 풍경을 카메라에 담을 수 없는 것이 흠이었다. 이곳 역시 강우량이 적어 맑은 날이 대부분이라지만 가는 날이 장날이라고 하필이면 비가 내리고 있었다.

도로 주변의 구릉지에는 목장이 보이고 보리와 옥수수 등의 작물이 심어져 누런빛과 푸른색으로 채색되어 있다. 그 너머로는 이따금 구름 사이로 눈 쌓인 고봉들을 볼 수 있었다. 그러나 '쿠스코' 지역 안데스 산맥에서 가장 높다는 해발 6,300미터의 '살칸타이Salcantay' 산 밑을 지나면서도 날씨 때문에 만년설을 쓰고 있는 그 모습을 볼 수 없었던 것이 아쉬움으로 남는다.

약탈자들 만행의 부산물

'올란타이'는 '피사크' 못지않은 잉카의 유적지라고 한다. 때마침 이곳에 도착하자 구름이 걷히고 날씨가 개었으나, 기차 시간이 얼마 남지 않아 대충 구경하고 기차역으로 나왔다.

작은 목조 건물 한 채가 동그마니 있을 뿐인 '올란타이' 역사驛舍는 대합실도 없었고 플랫폼 시설도 되어 있지 않았다. 그래서 기차를 타러 나온 주민들은 좁다란 협궤철로의 레일 양편에 주저앉아서 열차를 기다리고 있었고, 그 한옆에는 인디오 여인들이 외국 관광객들에게 잉카 전통양식의 그림이 수놓아진 모직물을 팔고 있었다.

남루한 옷차림에다 볕에 그을린 얼굴로 각기 크고 작은 보따리를 들고 나와 레일 주변에 주저앉아서 기차를 기다리고 앉아 있는 이곳 주민들은 인디오와 혼혈인이 반반이었다.

중남미 지역에는 '메스티조Mestizo'라 불리우는 혼혈인이 전체 인구의 60% 이상을 차지한다고 한다.

중남미는 미국과는 달리 열대의 습지대가 아니면 사막이나 안데스의 고산 지대가 대부분이었다. 남미 대륙이 발견된 이후 서구인이 이곳에 건너온 것은 주로 돈벌이를 위한 목적에서였지, 북미에서처럼 삶의 터전을 마련하고 영주하기 위해 가족과 함께 이주해 온 것은 아니었다.

올란타이 유적물
주택이 들어섰던 돌받침 석조유물만이 여기저기 눈에 띈다

무뢰한 같은 정복자에게 항거하는 이 지역의 원주민들은 무자비하게 살육당했고, 정복자에게 순종하는 자들만 남아서 굴욕적인 삶을 영위해 갔다.

가족은 본국에 두고 이곳을 드나들던 서구인 약탈자의 표적이 된 것은 인디오의 젊은 여성들이었다. 그래서 인디오 여인들이 수세기에 걸쳐 정복자에게 수모를 당한 희생의 부산물로 태어난 혼혈인이 오늘날 중남미 인구의 대부분을 차지하는 '메스티조'인 것이다.

조금 후에 열차가 기적을 울리며 들어왔다. 철로 주변에 주저앉아서 기다리고 있던 주민들이 우루루 열차로 모여들어 서로 먼저 타려고 혼잡을 이루었다. 기차는 이미 도착하기 전부터 만원이어서, 어린애를 업거나 짐 보따리를 들고 그들이 기차 안으로 비집고 들어가는 데는 한동안의 시간이 걸렸다.

다행히 우리 일행 세 사람이 예매해 둔 기차는 외국인을 위한 전용관광열차여서 그러한 고역은 면할 수가 있었다.

지방민을 태운 완행열차를 보내놓고도 예정 시간보다 한참이나 더 기다려서야 '마추픽추'행 관광열차를 탈 수 있었다.

하늘을 찌르는 안데스의 봉우리들

'올란타이'에서 '마추픽추'까지는 자동차가 다닐 수 있는 도로가 개설되어 있지 않아, '우루밤바' 강줄기를 따라 놓여진 철로가 유일한 통로였다.

안데스의 협곡을 달려온 장난감 같은 협궤열차가 종점인 '마추픽추' 역에 도착했을 때는 화창하던 날씨가 다시 가랑비가 오락가락하는 궂은 날씨로 변해 있었다.

기차에서 내려 정거장을 벗어나면서 나는 의아해 주위를 둘러보았다. 아무리 찾아도 안내 책자의 화보에서 익혔던 '마추픽추'의 유적이 있을 만한 지형은 눈에 띄지 않았다. 눈앞에는 깎아놓은 듯한 급경사의 산줄기가 둘러 있어 그야말로 손바닥만 한 하늘만 까마득히 올려다 보일 뿐이었다.

역 앞에 대기해 있던 버스가 기차에서 내린 관광객들을 바꿔 태웠다. 역에서 유적지까지만 운행하는 관광객 전용버스로서 위쪽의 풍경을 올려다볼 수 있게 천정이 모두 투명 유리로 되어 있었다. '마추픽추'까지는 자동차가 들어올 수 있는 도로가 개설되지 않았지만 기차로 운반해 놓은 버스라고 한다.

좁다란 계곡과 비탈진 능선, 차가 다닐 만한 길이 나 있을 것 같지 않은 지형이었으나, 버스는 용하게 길을 찾아 뱀이 또아리를 틀듯 이리저리 산허리를 감돌아 위쪽으로 올라갔다.

마추픽추에서 내려다 본 협곡을 감돌아 흐르는 우루밤바 강줄기

창밖으로 아래쪽을 내려다보니 아찔하게 현기증이 일 정도로 거의 수직에 가까운 비탈이 골짜기 아래 강가에까지 연결되어 있었다.

역에서 직선으로는 얼마 안 될 거리이나 30분이나 걸려서 버스가 산 정상 근처 어느 지점에 이르자, 갑작스럽게 낯익은 풍경이 눈앞에 펼쳐졌다. 해발 2,900미터 산정에 자리 잡은 잉카의 대표적 유적지인 '마추픽추' 성채도시가 바로 이곳이었다.

영원한 수수께끼 '마추픽추' 유적

세계 7대 불가사의의 하나로 일명 "잊어버린 공중도시"라고 불려지는 '마추픽추'는 반쯤 구름 속에 가려 있어 신비한 느낌을 더해 주었다.

산꼭대기에 건설된 이 성채도시는 이미 잉카 이전인 5세기경에 만들어진 것으로, 잉카 멸망 후에는 '쿠스코'에서 탈출한 일단의 유민들이 이곳을 근거로 스페인 정복자에게 항거를 했던 곳이라고 한다. 그러나 이러한 이야기는 주변에 사는 원주민들의 구전口傳을 통한 추측에 불과할 뿐 더 이상의 내력은 아무도 모른다. '피사로'가 잉카 제국을 멸망시켰을 때 그 문명의 맥도 계승이 끊어져 영원한 의문 속에 잠겨 버린 것이다.

짚으로 만든 지붕은 모두 불타 버리고 벽과 제단 등 석조 구조물만이 남아 있는 '마추픽추' 유적은 신전과 광장을 중심으로 한 관청 건물과 일반인 거주지의 주택이 질서정연하게 자리 잡고 있는 모습을 한눈에 볼 수 있었다. 고대의 잉카 도시는 '쿠스코' 같은 큰 도시로부터 '피사크'나 '올란타이' 등의 촌락에 이르기까지

상수도 석조시설.

천 몇 백 년 전 잉카 인들이 만들어 놓았던 돌 수도관을 통해서 맑은 물이 끊임없이 흐른다.

한결같이 신전과 광장을 중심으로 치밀하게 설계된 도시 계획에 의해 건설되었다고 한다.

잉카 인들은 극심한 지진에도 견뎌내는 과학적인 설계를 해냈고, 집채만 한 돌을 옮겨다가 깎고 다듬어 거대한 건축물을 만들었다. 특히 물이 귀한 산꼭대기 근처임에도 어디에선가 물길을 끌어 상수도 시설까지 석재를 이용해 만들어서 천 몇 백 년이 지난 오늘에 이르러서도 끊이지 않고 물이 나오게 해 놓은 것은 현대의 기술로는 해낼 수 없는 놀라운 일인 것이다.

대개가 미국인인 관광객들 틈에 끼어서 '마추픽추' 유적을 돌아본 후 나는 성채의 가장 윗부분인 태양의 신전 제단 앞에 서서 까마득하게 내려다보이는 '우루밤바' 강줄기로 눈길을 보냈다. 그리고 이곳을 찾는 사람이라면 누구나 한번쯤 의문을 던져보았을 문제를 가지고 생각했다. 옛날 잉카 인들은 어떤 필요에 의해서 이 험한 산 위에 도시를 건설하였으며, 이 커다란 돌덩이들을 어떻게, 어떤 방법으로 운반하여 떡 주무르듯 다듬어서 이 거대하고 정교한 건축물을 만들었단 말인가……

'빵데아'에서 내려다보는 '리우'의 '코파카바나' 해변 풍경

삼바 축구, 그 열정의 나라 브라질

밤중에 리마를 출발한 비행기가 브라질의 '리오 데자네이루Rio de janeiro' 공항에 내려앉은 것은 아침 7시.

'리오' 공항의 입국 절차는 한국인에게만 유난히 까다로운 것 같았다. 탑승객 중 동양계는 몇 사람 되지 않았고, 한국인은 우리 일행 세 사람뿐이었으나, 다른 승객들은 여권사진 대조만으로 간단히 통과시켰지만 우리 경우는 달랐다. 새삼스럽게 컴퓨터 단말기를 작동시켜 확인 체크를 하는가 하면, 짐 검사도 별도로 세밀히 하는 통에 함께 도착한 타국인들 보기가 창피스럽고 적잖이 자존심을 상하게 하였다.

브라질에서의 UN기구 사업과 관련한 우리 목적지는 남부지역인 '빠라나Prana' 주였다. 그러나 당시는 주말과 사순절이 이어지는 기간이어서 연휴를 보내기 위해 '리오'를 먼저 들르게 된 것이다. 그래서 여기서는 누가 마중 나오는 사람도 없었고 안내인도 없었다.

공항의 여행자 안내소의 알선으로 들게 된 호텔은 그 유명한 해수욕장인 '코파카바나'에 있었다.

12층 호텔방에는 남국의 태양이 투명한 대기를 통과해서 와 닿는 룸 테라스 시설이 되어 있었고, 테라스에 나와 서면 '코파카바나' 해안의 하얀 모래사장과 대서양의 짙푸른 물결이 한눈에 들어왔다.

　일류 호텔이면서도 좀 낡아 보이는 시설이었지만, 룸에서 내려다보이는 전망만은 다시없이 좋은 곳이었다.

　공항에서의 푸대접에 기분이 상해 있던 나는 화창한 날씨와 남국의 정취가 물씬 풍기는 해안 풍경을 대하자 마음 밑바닥에 남아 있던 불쾌감이 가셔졌다.

'리오'의 그림 같은 풍취

1531년 포르투갈의 탐험가 곤잘로가 정월 초하룻날 발견한 강어귀라고 해서 '리우데자네이루Rio de janeiro'라는 이름이 붙여졌다는 이 도시는 1960년도까지는 브라질의 수도였으나, 수도가 '브라질리아'로 옮겨진 후에도 이 나라의 정치·경제·문화의 중심 도시로서 사실상의 수도 역할을 한다고 한다.

'코파카바나' 해변 근처 거리에 오고가는 사람들은 거의 수영복만 걸친 반라의 옷차림이었다. 이들의 피부색은 각양각색으로 마치 인종 전시장에 데려다 놓은 느낌이었다.

4월이면 이 나라에선 가을로 접어든 셈이니까 제철이 아니기 때문일까, 끝없이 길게 펼쳐진 해수욕장은 한산한 편이었다. 다만 모래밭 여기저기 세워진 배구 네트에서는 수영복만 걸친 부류들이 배구를 하고 있었다. 어떤 젊은 팀들은 손으로 배구를 하는 것이 아니라 축구공을 가지고 머리로 공을 받아 넘기는 헤딩식 축구를 하고 있어서 축구의 나라, 브라질다운 면모를 보여준다.

'코파카바나' 근처 번화가에는 외국관광객의 적선을 구해서 살아가는 유랑민의 무리가 여기저기 눈에 띄었다. 그들은 보잘것없는 가재도구를 가지고 가족단위로 거리에 나와 앉아서 행인들에게 손을 벌렸다. 그들이 자리를 잡은 길거리 한 모퉁이는 밥벌이를 하고 기거하는 생활의 터전인 셈이었다. 가까이서 사진을 찍기가 좀 미안한 생각이 들어 멀리 떨어져서 카메라를 꺼내들자, 어느 틈에 발견했는지 유랑민 꼬마가 튀어나와 손을 내밀었다. 나는 못된 짓 하다 들킨 기분으로 '크루제이로(브라질 화폐 단위)' 화폐 한 장을 꺼내주자 꼬마 녀석은 '오브리가도Obrigado'를 연발하면서 물러선다. '오브리가도'란 고맙다는 뜻의 브라질어로 여객기의 안내 어나운스를 통해 최초로 익힌 이 나라 말이었다.

호텔 근처에는 관광기념품을 파는 가게가 줄지어 있었다. 아마존의 살인 물고기인 '피라니아'의 박제된 머리 장식이 달린 열쇠고리와 물고기 화석 몇 개를 사서 값을 치루기 위해 뒷주머니에 찔러넣은 지갑을 꺼내들자, 가게 주인은 서툰 영어로 지갑을 조심하라고 충고해 주었다. 나는 여권과 함께 전 재산이 보관된 지갑을 안주머니로 옮겨 넣으면서 사의를 표하지 않을 수 없었다.

"오브리가도!"

호텔에 돌아오자 때마침 로비에서 '상파울루'에 산다는 교포를 만날 수 있어서 이곳 정보를 대충 들을 수 있었다. 브라질에서는 대부분이 제2외국어로 스페인어를 배우기 때문에 영어가 잘 통하지 않는다는 것과 짧은 시일에 '리오' 관광을 하려면 관광 용역회사를 이용하라는 것이었다.

다음날 아침 관광 안내회사에 전화를 걸어 하루 100달러를 주기로 히고 아르바이트로 외국인 관광 안내를 한다는 백인 처녀 대학생을 소개받았다.

그가 몰고 온 자동차로 시가지 해안도로를 한바퀴 돌고 브라질대학과 시립극장, 박물관을 구경한 후 전통적인 민속 식당에서 삼바춤을 보면서 저녁을 먹었다.

인상에 남는 '리오'의 풍물로서는 해안을 굽어보고 우뚝 솟은 해발 700미터의 '코르코바도' 산이다. 대형 그리스도상이 서 있는 '코르코바도'의 정상에서 내려다보면, '나폴리' '시드니'와 함께 세계 3대 미항의 하나라는 '리오데자네이로' 시가지가 그림처럼 펼쳐진다.

또 하나 '리오'의 명물은 역시 해변에 탑처럼 솟아 있는 '빵데아쑤까르'라는 이름의 대머리 바위산이다.

사탕 바른 빵이라는 뜻의 이 화강암 산꼭대기 위까지 케이블카 시설이 되어 있는데, 정상에서는 '코파카바나'를 비롯한 '리오'의 아름다운 해안 풍경을 내려다볼 수 있다. 그곳에는 음식점과 소극장 등의 위락 시설이 있어서 '리오'를 찾는 외국관광객들은 의례 한번씩 들르는 코스라고 한다.

쾌적의 도시 '쿠리티바'

'리오데자네이로'에서 주말 휴일을 보내고 예약된 비행기 편으로 날아간 곳은 '쿠리티바Curitiba' 시다.

브라질 남부 '빠라나' 주의 주정부 소재지인 '쿠리티바'는 인구 백만의 도시로서 우리나라의 초가을이 연상되는 쾌적한 기후였다.

'쿠리티바'는 위도상 남쪽으로 치우쳐 있고, 해발 1,000미터의 고지대에 자리를 잡고 있어 일 년 내내 춥지도 덥지도 않은 온화한 날씨가 계속된다고 한다.

이곳에서 유엔 산하 단체의 주선으로 우리가 일을 보아야 하는 정부 기관에서는 영어를 아는 사람이 드물어서 어려움을 겪었다. 우리 일과 직접 관련되는 부서에는 십여 명의 직원이 있었으나 그중 영어를 하는 사람은 부서책임자 한 사람뿐인데, 그것도 손짓 발짓을 보태야만 겨우 소통이 되는 형편이었다. 그러나 다음 날 아침 우리가 그곳에 나타났을 때 그 부서책임자는 보이지 않았다. 야생 벌 떼가 외곽 지역에 있는 그의 집을 습격해서 개와 닭 등 가축이 죽고, 부인이 벌에 쏘여 중태이기 때문에 결근을 했다는 것이다. 영화에서나 있을 법한 이야기가 여기서는 실제로 존재하였다.

'리우'의 명물 '빵데아쑤까르' 바위산

그렇다고 임무를 저버릴 수도 없고 아쉬운 것은 우리였다. 그날 호텔에 돌아와 장거리 전화로 '브라질리아'에 있는 우리 대사관을 통해 수소문한 끝에 '빠라나' 주 교민회장 이정구 씨와 연결이 되어서 일은 차질 없이 진행할 수 있었다.

이곳에서 무역업을 하고 있는 이정구 씨의 이야기로는 '쿠리티바'에도 이십여 가구의 우리 교포가 살고 있는데, 거의 의류판매업에 종사해서 중류 이상의 생활을 한다고 한다.

'쿠리티바'에 머무는 동안 이씨의 집에 초대받아 우리 음식을 맛볼 수 있었고, 다른 교포들도 돌아가며 통역 일을 해주고 식사 초대를 하는 등 새삼 진한 동포의 정을 느끼게 하였다.

브라질은 남북한을 합친 우리나라 땅 넓이의 38배나 되는 국토를 가지고 있고, 아마존 강 줄기가 모세혈관처럼 전국에 뻗어 있기 때문에 기름진 땅이 대부분이고, 지하자원과 임산물 등이 풍부한 세계적인 자원부국이다.

'빠라나' 주는 이 나라 농산물의 1/3을 생산하는 농업 집산지로, 우리는 이 지역의 포도산지로 유명한 '콜롬보'라는 소도시를 방문했다. '콜롬보'는 인구의 90%가 이민 온 이태리 인으로 이루어진 곳으로 주민의 대부분이 포도 농사를 하고 있었다.

우리가 안내받은 이태리 인 이민 3세가 경영하는 포도 농장에서는 지하 포도주 저장고에서 이민 초기에 만들어졌다는 40년 묵은 포도주를 특별히 대접받았으나 고급술에 길들여지지 않은 나의 미각으로서는 그저 시큼하고 덤덤한 술맛일 뿐이었다.

브라질 남부 '쿠리티바 시'의 거리 풍경

'쿠리티바'는 전통적인 문화 교육도시로서 밝고 안정된 분위기를 풍기고 있었다. 이곳에서 5일간 체류하는 동안 때마침 '쿠리티바' 백화점에서 중무장한 군인들이 삼엄한 경비를 선 가운데 열리고 있는 '월드컵' 전시회를 가보고, 축구를 향한 이 나라 국민의 열기를 느낄 수 있었으며, 중심가에 있는 남미 최대 규모라는 '괴이라Guaira' 예술극장에서 열리고 있는 14인조 아마추어 하모니카연주회에 초대받기도 했다.

특히 '빠라나' 주에서 세계적인 명승지는 파라과이 국경 지역에 있는 '이과수' 폭포라고 한다. 그러나 일에 쫓겨 '쿠리티바'에서 비행기로 한 시간 거리인 '이과수'를 구경하지 못한 것이 아쉬움으로 남는다.

'데킬라'로 흥청이는 멕시코

— 눈 뜨고 코 베이는

나는 이제까지 세계에서 가장 인구가 많은 도시는 '뉴욕' 아니면 '도쿄' 정도로 알고 있었으나, 1천 8백만 인구의 "멕시코시티"가 세계최대 도시라는 사실을 이곳에 와서야 비로소 알게 되었다.

'리오데자네이로' 공항을 출발 열 시간의 지루한 비행 끝에 도착한 '멕시코시티' 국제공항은 세계 최대 도시의 관문이어서일까 몹시 혼잡하고 어수선한 분위기였다.

'리오'에서와는 달리 간편하게 입국 수속을 끝내고 여행자안내소에서 호텔 예약을 부탁하자, 그곳에서 일을 보는 중년의 남자가 포터에게는 1달러를, 호텔까지의 택시 요금은 6달러만 주면 된다고 묻지 않는 친절까지 덧붙인다.

포터의 안내로 택시정류장에 오니까 운전수와 잡담을 하던 열두어 살쯤 되는 꼬마 녀석 둘이 포터를 도와 짐을 택시 트렁크에 실어준다. 택시 운전수의 아들쯤 되는 모양으로 신통하고 귀여운 녀석들이라고 생각했다.

포터가 용무를 마치자 나는 1달러를 지불했다. 그런데 그는 4달러를 더 내라고 요구했다. 규정요금이 1달러라는데 무슨 소리냐고 했더니, 여행자안내소에서 호텔예약을 하느라 기다리게 했기 때문에 더 받아야 한다고 눈을 부라렸다. 처음으로

건축기간 30년의 멕시코 국립극장의 조감도

발을 들인 낯선 땅에서 이 우락부락하게 생긴 사내와 승강이를 해봤자 득 될 게 없다는 생각에 할 수 없이 그의 요구를 들어주었다.

그러나 바가지는 그것으로 끝난 게 아니었다. 이번에는 꼬마들이 손을 내밀었다. 택시에 짐 싣는 것을 도와준 대가로 각기 1달러씩을 내라는 것이다. '리오'에서는 유랑민 가족에게 스스로 1달러를 적선하기도 했지만, 당시 우리 여행의 제반비용은 FAO유엔기구 자금에서 지출되는 것이지만 요 맹랑한 녀석들에게는 한푼도 주고 싶지 않았다.

옆에서 빙글거리며 이 광경을 구경하고 있던 택시운전수가 수고한 값을 지불해야 한다며 꼬마들을 거들었다. 그래서 2달러를 더 주지 않을 수 없었다.

하지만 바가지 수난은 더 계속되었다. 택시운전수가 요금 '미터레바'를 내리지 않고 달리기에 혹시나 하는 생각으로, 호텔까지의 요금이 얼마냐고 물었더니 15달러를 내라는 것이 아닌가. 5달러면 간다는데 무슨 소리냐고 펄쩍 뛰었더니 그는 거친 행동으로 택시를 세웠다. 그리고 15달러를 낼 수 없으면 당장 내리라는 것이다. 그야말로 촌놈 겁주는 행세였다. 주변에는 인가 한 채 보이지 않는 황량한 들판이었다. 할 수 없이 상대편 요구에 동의하고 나니 바가지 쓰고 망신당한 꼴이어서 여간 입맛이 쓴게 아니었다.

일본제의 고물택시는 머플러가 터졌는지 탱크 소리가 났고, 쇼크 업소버가 나간 모양으로 약간의 굴곡에서도 엉덩이가 아플 정도로 덜컹거렸다.

그러나 콧노래를 부르며 과속으로 택시를 몰던 운전수가 '저패니스'가 아니냐고 말을 걸었다. 대꾸할 기분이 아니어서 잠자코 있었더니, 이 미운 친구 더 한다는 소리가 '라이브 쇼'를 볼 수 있는 술집과 멋있는 아가씨를 소개해 주겠다고 했다. 개××… 우리말로 욕을 해주니까 이 친구 내 말을 호의적인 뜻으로 받아들였는지 자기 이름과 전화번호가 적힌 메모지를 건네준다.

나는 그것을 받아 재떨이에 쑤셔넣으며 눈뜨고 코 베이는 데가 바로 이곳이라는 생각에 각오를 새롭게 하지 않을 수 없었다.

멕시코에서 만난 당수도

이튿날 아침 나는 밖에서 들리는 구령소리에 잠을 깼다. 착각이겠지만 그것은 마치 하나 둘 셋 하는 우리말처럼 들려왔다.

나는 잠자리에서 일어나 밖으로 면한 호텔 창문을 열었다. 우리가 묵고 있는 호텔은 멕시코혁명기념관을 마주보는 대로변에 위치해 있어서 기념관 앞 광장에 나와 아침운동을 하는 시민들이 내려다보였다.

구령 소리는 한 무리의 청소년들이 모여서 맨손체조를 하며 내는 소리였다. 그런데 자세히 보니 그들은 맨손체조를 하는 것이 아니라 태권도 기본형을 연습하는 것이었고, 차렷, 경례, 준비 등 우리말로 구령을 부르는 게 아닌가……. 좀 전에 들은 하나 둘 하는 소리가 착각이 아니었던 것이다. 나는 코허리가 시큰해지는 느낌으로 한동안 이들의 모습을 내려다보고 있었다.

브라질 '빠라나' 주의 교민회장 이정구 씨가 우리 다음 목적지가 멕시코라고 하자, 멕시코시티 교민회장 문대원 씨를 찾아보라고 소개를 받았다.

아침 식사 후 문대원 씨에게 전화를 걸었다. 마침 자택에 있던 문씨와 통화가 되어 그는 멕시코 교민회장일 뿐 아니라 이곳에서 태권도장을 한다는 것을 알게 되었다. 그의 도장에서 만나기로 약속을 하고, 시내 구경도 할 겸 일찌감치 카메라를 메고 호텔을 나섰다.

넓게 뚫린 거리에는 차량의 물결로 몹시 붐볐고, 약간만 큰 거리를 비켜나도 구두 닦기가 따라붙고 잡상인들이 물건을 사라고 추근거리는 것이 처음 대한 인상에 걸 맞는 분위기는 여전하였다.

길거리의 가판서점에서 시내 가이드북을 사자 주인 노파가 카메라 날치기를 조심하라고 주의를 주었다. 나는 그때 줌 렌즈와 광각 렌즈를 부착한 '핫셀블라드' '니콘' 두 대의 카메라를 메고 있었다. 노파의 충고를 듣고 보니 안 되겠다 싶어 호텔로 다시 돌아가서 소형 카메라 한 대만 골라 들고 나왔다.

호텔에서 택시로 30분 거리에 있는 문대원 씨의 도장은 4층 건물이었다.

'무덕관'이란 한글간판 위에 월계수 잎으로 받쳐진 주먹이 그려진 '심벌마크'는 나에게 특별한 느낌을 주는 상징물이었다. 이제 한국에서는 모든 도장이 태권도협회로 흡수되어 도장별 특성이 퇴색해지고, 무덕관 간판을 단 도장은 볼 수가 없다. 그런데 이역만리 낯선 땅에 와서 무덕관의 옛날 모습을 대하게 되니 나로서는 남다른 감회가 들지 않을 수 없었다.

2층 그의 사무실에서 멕시코의 태권도장 창설자인 문대원 씨와 첫 대면을 가졌다.

충남 논산 출신으로 40대 중반의 문씨는 10년 전 미국을 거쳐 멕시코로 들어와 태권도장을 연이래 현재는 멕시코 전역에 1백여 개의 지관을 두고 있으며, 도장에 등록된 인원이 50만 명, 그중 유단자가 2천 명이나 된

다고 했다. 수련생 중에는 고급 공무원과 기업체 사장, 의사 등 유력인사들도 많고, 작은 회사를 경영하는 어느 태권도 가정은 전 가족이 모두 도장에 나오는데 유단자가 세 명, 1급이 두 명이라고 한다.

너무 놀랍고 반가웠다. 이야기 중에 나 역시 무덕관에서 당수도를 한 적이 있다고 하자, 그는 반색을 하며 자기보다 한참 후배일 것이라며 승단번호가 몇 번이냐고 물었다. 내가 운동할 때만 해도 무덕관 유단자들은 군번처럼 일련번호에 따라 고유의 승단번호가 있었고, 또 그 당시는 유단자 수도 아주 드물 때였다.

1958년도에 승단한 975번이라고 내 승단번호를 알려주었으나 그는 자신의 번호를 밝히지 않았다. 어쨌든 이러한 인연으로 문대원 씨는 내가 '멕시코시티'에 머무는 동안 여러 가지 호의를 베푸는 후원자가 되었다.

당시 멕시코 한국교민회장 문대원 씨
그는 멕시코 전역에 한국 태권도를 전파한 선구자이기도 하다

라틴 음악에 향수를 달래며

다음날 문씨는 멕시코의 길안내를 해줄 세 명의 문하생을 호텔로 보내주었다. 모두가 태권도 유단자의 은배지를 단 그들 중 한 사람은 초등학교 교사여서 영어로 의사소통이 되었고, '폭스바겐'을 두 대나 몰고 왔기 때문에 교통문제도 해결되었다.

그들이 맨 처음 안내해준 곳은 중남미에서 가장 높은 빌딩이라는 '라티나아메리카타워'로 옥상 전망대에서는 '멕시코시티'의 전 시가지가 조망되었다.

전망대에서 내려다보는 세계 최대의 도시 멕시코는 크고 작은 각종 건물들이 끝닿는데 없이 연속되어 있었다.

1519년 스페인의 '코르테스Cor-tes'가 이 도시에 처음 발을 디뎠을 때, 해발 2,240미터의 고지대인 이곳에는 '텍스코코'라는 큰 호수가 있었다고 한다. 그리고 호수 한가운데 있던 작은 섬이 오늘날 '멕시코시티'의 모체가 된 '아즈텍' 왕국의 수도였다. 그러나 이제 '아즈텍'의 건물과 문명유적은 스페인 정복자에 의해 모두 파괴되었고, 아름다운 호수도 매립되어서 그 흔적을 찾을 길이 없다.

인종은 많고 마땅히 갈 데가 없어서 그런 것일까, 빌딩옥상 전망대에는 여기저기 데이트족이 눈에 띄었고, 그중에는 서로 껴안고 열정적인 포즈를 취하고 있는 커플도 있었다.

이들의 모습을 카메라에 담기 위해 셔터를 눌렀더니 남자가 험악한 표정으로 왜소한 체격의 동양인을 쌔려본다. 그러나 호위하듯 내 주위를 둘러선 세 명의 당수도 유단자 상징 은배지를 단 청년들의 역할을 눈치 챈 것인가. 그는 내게서 눈길을 거두고 다시 열정적인 작업에 몰입한다.

다음으로 이들에게 안내된 곳은 국립극장. 멕시코 건국 1백주년을 기념하기 위해서 30여 년의 공사 기간을 거쳐 만들었다는 이 대리석 건물은 미술관으로도 이용되고 있었다. 세계적인 화가 '리베라Rivera', '타마요Tamay-o', '시퀘이로스Siqueiros' 등의 작품인 초대형벽화가 전시되어 방문객을 압도하고 있었다.

특히 인상적인 곳은 멕시코의 시장 뒷골목을 구경하고 안내되어 간 '프라자 가리발디'라는 곳이었다. 이 나라의 독특하고 민속적인 분위기를 대할 수 있는 야시장 비슷한 곳으로, 이곳에서는 저녁 무렵이면 고유의 의상을 차려입고 만돌린과 트럼펫 등의 악기를 든 악사들이 모여든다. 그리고 발효된 선인장을 증류시켜 만든 민속주인 '데킬라'를 파는 노천식당들이 하나둘 문을 열기 시작한다.

이윽고 라틴계의 템포 빠른 음악이 연주되기 시작하면 이곳 '가디발디' 광장의 야시장은 남국의 들뜬 분위기로 출렁이기 시작한다.

나는 문대원 씨의 젊은 제자들과 대작해서 우리나라 소주보다도 훨씬 더 독한 '데킬라'를 마시면서 '트리오로스 판쵸스'의 음반으로 귀에 익힌 라틴음악을 청해 들었다. 우리나라에서는 가수 조영남이 부른 〈제비〉라는 곡목으로 알려진 멕시코 민요 '라 골론드리나'의 연주선율은 온몸을 덮혀오는 '데킬라' 술기운에 보태져서 낭만과 정열의 도시 멕시코의 정취를 한껏 고조시켜 주고 있었다.

남미 최고의 빌딩이라는 '라티나 아메리카타워' 전망대에서

멕시코의 명물 '쏘치밀코' 운하

뉴욕이나 런던, 파리, 서울 같은 대도시는 한결같이 큰 강을 끼고 발전해 왔다. 그러나 세계에 가장 인구가 많은 도시인 멕시코시티는 큰 강을 끼지도 않았고 주변에 호수도 없는 특색을 지닌다.

스페인의 '코르테스'가 이곳에 처음 발을 디뎠을 때만 해도 멕시코시티는 큰 호수 한가운데에 제방으로 둘러싸인 섬이었다. 바둑판처럼 정연하게 구획 정리된 도로망과 갖가지 꽃으로 장식되어 '떠다니는 섬'으로 불리울 만큼 아름다운 도시였다고 한다. 그러나 당시의 도시는 침입자들에 의해 파괴되고, 시가지를 둘러싸고 있던 호수도 차츰 메워져 오늘날에는 그 흔적도 찾을 수 없다.

'쏘치밀코'는 인공 운하로 멕시코 시민이 애용하는 유원지라고 한다. 그들이 이렇게 운하를 만들어 놓고 유람선을 띄운 것은 멕시코시티가 오랜 옛날 '아즈텍'의 수도였던 시절, 그 아름답던 수상 도시의 추억을 되살려 보려는 의도에서일까…….

울긋불긋 원색 장식물로 치장된 유람선 사이로는 전통 의상을 차려 입은 '메스티조' 여인들이 조각배를 타고 유람객들에게 꽃을 팔고 있었다.

멕시코에 체류하는 동안 '테오티우아칸'의 피라미드와 국립 인류학 박물관을 가볼 수 있었던 것은 중남미 지역 고대 유적지에 관심이 많은 나에게는 퍽 가치 있는 일이었다.

국립 박물관 현관에 있는 직경 2미터나 되는 돌기둥은, 그 옛날 아즈텍 인이 신에게 제례의식을 거행할 때 살아 있는 사람의 심장을 꺼내서 공물을 바치던 인신공희人身供犧의 희생석犧牲石이라고 한다.

멕시코 유명 작가 '오고르만'의 대형 모자이크 벽화로 장식된 멕시코 박물관

멕시코 혁명기념관

고대 인디오 부족인 '톨테크', '마야', '아즈텍' 인들은
태양과 달을 신으로 섬기기 위해 여러 형태의 '피라미드'를 만들어 세웠다.

'아즈텍'의 피라미드

중미 지역의 고대 문명권을 우리는 흔히 '마야May)' 문명으로 통칭해 부르지만, 이 지역은 기원 전후로 '톨테크Toltec'와 '마야' 족이 문명권을 형성했고, 10세기경에는 이들의 문명을 계승한 '아즈텍Aztec' 족이 전 중미 지역을 통치하는 대제국을 건설하였다.

멕시코시티 동쪽으로 50킬로미터 떨어진 곳에 있는 '테오티우아칸'은 '톨테크' 족이 쌓아올린 수많은 피라미드가 집결되어 있는 곳이다.

이곳의 피라미드는 이집트처럼 사자死者의 무덤으로 만든 것이 아니라 신을 섬기기 위한 제단으로 축조한 것이다. 돌과 흙을 쌓아올려 만든 피라미드는 한결같이 정상과 연결된 층계가 만들어져 있는데 그중 가장 큰 태양의 신전 피라미드는 그 높이가 62미터나 된다.

이곳의 고대 인디오 부족은 고도로 체계화된 사회생활을 영위하고 있었고, 당시로서는 서구에도 뒤지지 않는 교육제도를 가지고 있었다. 특히 '아즈텍'의 사제들은 세계에서 가장 정확하고 우월한 천문학의 지식을 보유했다.

상호 긴밀한 연관을 지니고 있는 '톨테크', '마야', '아즈텍' 문화는 태양과 달을 신으로 섬기기 위해 피라미드를 만들었다고 한다. 피라미드는 축

또 다른 형태의 피라미드

조 과정에서 위치 선정, 설계가 천문학적 고려로 이루어졌으며, 또 역년(歷年·한 왕조가 왕업을 누린 햇수)에 따라 주기별로 몇 백 년에 걸쳐 하나씩 세워졌다고 한다.

그들은 52년 주기마다 세상이 끝난다고 믿었고 신과 접하고 교감할 수 있는 사제들만이 비극적인 종말을 막을 수 있다고 생각했다.

이러한 중대한 임무와 권리를 부여받은 사제들은 좀 더 신을 공경하고 즐겁게 하기 위한 의식으로 인신공희의 방법을 행하게 되었다는 것이다. 그래서 사제들은 유리보다도 더 날카로운 흑요석의 칼로 살아 있는 사람의 심장을 도려내 제단에 바쳤다. 또 산 사람의 가죽을 벗겨내는가 하면, 산 채로 물속에 수장하는 잔인한 의식을 자행했던 것이다.

고도의 문명국가였던 '아즈텍' 제국이 망한 것은 스페인의 '헤르난도 코르테스'가 이끄는 6백 명의 침략군에 의해서였다.

'아즈텍' 족이 대제국을 건설했던 시기는 페루의 '잉카' 제국이 일어났던 시기와 비슷하고, 패망한 과정도 아주 흡사한 데가 있다.

'코르테스'가 '테노치치틀란(멕시코시티)'에 나타난 것은 1519년, '콜럼부스'가 미주대륙을 발견한 지 27년이 되는 해였다.

'테오티우아칸'의 '톨테크' 석조 유적지

'테오티우아칸'의 '톨테크' 석조 유적지

‘코르테스’는 페루에서 ‘피사로’가 한 것처럼 ‘아즈텍’의 절대군주인 ‘목테주마Moctezuma’ 황제를 볼모로 잡고 수만 명의 수비군을 무력하게 만들어, 마침내 ‘아즈텍’ 제국을 멸망시켰다.

그 당시 ‘아즈텍’인들은 말(馬)을 사용할 줄 몰랐고, 물론 총이나 대포 같은 것도 없었다. 그래서 말을 탄 스페인 병사를 마치 신의 화신化身인 것처럼 두려워했고, 벼락불(총이나 대포) 무기도 큰 공포의 대상이었다.

소수의 서구인들이 수십 배의 수비군을 거느린 전통적인 문명국을 무너뜨릴 수 있었던 것은 여러 가지 원인이 있었지만, 스페인 군의 용감성도 큰 역할을 했다. 자기 몫으로 약속된 금은보화와 이교도들을 개종시킨다는 종교적인 사명과 명분이 이들의 용감성을 북돋아 주었던 것이다.

그래서 ‘아즈텍’을 정복한 백인 침략자들이 가장 먼저 한 일은 고대 건축물의 정수였던 ‘아즈텍’ 신전을 헐고 교회를 세우는 일이었고, 약탈의 대상물을 찾아 궁전과 관광서, 원주민의 주거지를 파괴해 버리는 일이었다. 그들은 자기 일변도의 명분과 사명감에 사로잡혀서 아무 거리낌 없이 세계적인 문명의 맥을 끊고 파괴해 버리는 오류를 범한 것이다.

영원히 사라진 ‘아즈텍’ 문명

‘테오티우아칸’의 피라미드 유적지를 들러서 비행기 편으로 날아간 곳은 ‘베라크루즈’. 멕시코시티에서 1천 킬로미터나 떨어진 카브리해 연안의 항구도시 ‘베라크루즈’는 1519년 쿠바에 전진기지를 두었던 스페인 군이 처음으로 멕시코 땅에 발을 내디딘 역사적인 곳이다.

카브리 해의 짙푸른 물결을 접한 ‘베라크루즈’ 시는 몹시 덥고 습한 곳이었으나 중세의 고색창연한 스페인식 건물이 그대로 남아 있는 아름다운 농업 도시이기도 하였다.

나는 이곳에서 100여 리쯤 되는 이 나라의 전통적인 농촌을 가보는 기회가 있었다.

우리나라 땅 넓이의 9배나 되는 나라, 석유와 광물 자원이 풍부한 나라, 그리고 우리보다 훨씬 앞서 서구문명을 접한 나라 멕시코의 농촌은 우리보다 나을 것이라고 생각했으나 실제는 너무도 기대 밖이었다.

내가 방문한 농가는 그래도 우리나라 기준으로 이장집 정도는 되는 잘 사는 편인 모양인데도 실상은 우리보다 훨씬 못해 보였다.

인디오의 혈통이 강하게 나타나 보이는 집주인이 우리를 집 안으로 인도했다. 짚으로 지붕을 올리고 대나무를 엮어 벽을 만든 농가 내부는 방 두 칸과 부엌 겸용의 거실이 전부였다.

흙바닥에 나무 침대가 놓여 있는 방안에는 세간도 없었으며, 투박한 나무 식탁이 놓여진 거실에도 무쇠 냄비와 플라스틱 식기 몇 개가 눈에 띌 뿐이었다. 전기가 들어오지 않는 마을이어서 물론 TV나 라디오 등의 가전제품도 볼 수 없었다.

때마침 말방울 소리와 함께 들려오는 떠들썩한 소음에 밖으로 내다보니, 집주인의 아들로 보이는 청년이 노새에 싣고 온 망고열매와 옥수수를 뿌려놓고 있었다.

말과 당나귀는 이 지역 주민의 주요 생활수단으로 집집마다 한두 마리씩 기르고 있다고 했다. 옛날 이들 조상들은 말이나 당나귀를 사용할 줄 몰랐고, 또 그런 가축을 기르지도 않았다.

　　스페인 말로 무엇인가 지껄여 대면서 짐을 부리는 갈색 피부의 청년을 눈여겨보면서, 나는 문득 어떤 상념에 빠졌다.

　　스페인에게 정복당하기 전 서구 못지않은 독특한 문명 생활을 영위했던 '아즈텍'의 조상들이 오늘의 그들 후예를 대한다면 어떤 기분일 것인가. 5백 년의 세월이 흐르는 동안 '아즈텍'의 영화와 빛나는 전통 문화를 영원한 망각 속에 묻어버린 이들 후예에게 하고 싶은 말은 어떤 것일까…….

'테오티우아칸'의 태양의 신전 피라미드

살아 있는 사람의 심장을 도려내 바쳐지던 '아즈텍'의 신앙 상징물

겨울 이야기

한 해를 마감하는 섣달그믐, 마침 그날은 일요일이기도 해서 일찌감치 길을 떠났으나 고속도로는 평일이나 다름없이 소통이 잘 되는 편이었다.

잎 떨어진 나목과 비워진 들판, 주변으로 펼쳐지는 실체의 산야는 삭막하고 쓸쓸한 것이었지만, 창유리를 격하고 내다보이는 겨울 풍경은 그런 느낌이 아니었다.

언제나 여정 길의 출발은 설렘과 기대로 조금은 들뜬 분위기가 만들어지는 것, 콧노래라도 부르고 싶은 기분으로 남녘을 향해 달렸다.

나는 묵은해를 보내는 마지막 날이면 나들이 길을 나선다. 그리고 새해 해돋이를 산에서 맞고 신정 연휴를 보내다가 돌아오는 일을 한 해도 거르지 않고 반복해 오고 있다.

새해 첫날을 맞는 이번 여정의 목적지는 충남 청양군에 있는 칠갑산, 그리고 그 주변의 사찰 장곡사 무량사를 들러오기로 하고 길을 떠난 것이다.

천안 인터체인지에서 경부고속도로를 벗어나 공주 쪽으로 이어진 국도로 접어들었으나, 차량 통행은 더욱 한가했다.

일기예보에는 밤부터 눈이 내린다고 했지만 날씨도 개어 있었다. 파아란 하늘 아래 펼쳐진 회색빛 겨울 산야를 누비며 달리는 기분은 상쾌하기

그지없다.

나는 카스테레오의 스위치를 넣어 미리 준비한 음악을 틀었다. '슈베르트'의 연가곡 '겨울 나그네'. 프랑스의 저음 가수 '제랄 수제'의 〈이별(Gute Nacht)〉이란 노래가 흘러나온다. 서른한 살로 요절한 '슈베르트'가 죽기 일 년 전에 작곡한 스물네 편의 소품 가곡으로 이루어진 '겨울 나그네'는 당시 그가 처했던 절망적인 상황을 말해주듯, 비련으로 상심한 젊은이가 흩날리는 눈발 속에서 방황하는 어두운 분위기를 노래로 표현한 것이라지만, 내게는 이 노래가 조금도 그런 기분으로 와 닿지 않는다. 나이에 걸맞지 않게 '겨울 나그네'이기를 자처하고 길을 나선 사치한 길손에게는 그 노래의 본래 의미가 희석되어 전달될 수밖에 없을는지 모른다.

금강을 사이에 두고 공주를 비켜나 좁다란 들판과 야산 등성이를 오르내리는 포장도로를 한 시간 남짓 달리자 칠갑산 밑을 관통하는 대치 터널이 나타났다. 터널을 지나 청양읍을 못 미치어서 왼편 비포장 길로 들어서서 이십여 분 더 가면 장곡사에 닿는 것이다.

장곡사와의 첫 인연

내가 장곡사長谷寺를 처음 대한 것은 1968년 정월 초하룻날, 칠갑산 정상에서 일출 광경을 보고 돌아오는 하산 길에서다.

당시는 구정이 민속연휴로 지정되기 전이어서 신년연휴가 3, 4일간이나 계속되던 시기였다. 그래서 나는 직장생활을 시작한 60년대 중반부터 신정연휴마다 산행 중심의 여행길을 나서게 되었다. 섣달그믐에 서울을 출발하여 전국 각지 유명한 산 산정에 올라 새해맞이 일출을 보는 산행을 이제까지 해오고 있다. 새해 해맞이가 보편화되기 전이라 나의 새해 산행은 동반자 없는 혼자이기가 대부분이었다. 그래서 야영을 하지 않고도 해뜨기 전에 산정에 도착할 수 있는 여건이 갖춰진 산이 그 우선적인 대상이 되었다.

그 해에는 청양군 대치면 칠갑산 정상에서 멀지않은 한티(大峙)마을에서 민박을 하고 새벽녘에 정상에 올라 건너편 계룡산 위로 떠오르는 새해 일출을 본 후 하산을 시작했다. 그러나 하산 길은 당초 예정했던 한티 마을로 되돌아오지 않고 가던 방향으로 길을 잡았다. 그리고 장곡리 10리 계곡이 시작되는 칠갑산 남쪽 산자락에 자리 잡고 있는 사찰을 발견하게 되는데, 이 절이 장곡사長谷寺이다.

엷은 아침 안개에 잠겨 있는 절 주변은 다소 퇴락하고 고색창연한 분위기가 풍겨졌다. 새해 첫날 이른 시간이어서 일까 경사지에 위 아래로 나뉘어져 있는 두 동의 대웅전 건물은 출입문이 모두 자물쇠로 잠겨 있었다.

"계십니까?"

절 아래 편 중이 기거하는 요사寮舍채 건물로 다가서며 인기척을 내자 거기서 치마저고리 옷차림에 머리를 따 내린 처녀애가 나와서 대웅전 출입문에 자물쇠를 풀고 법당에 조명을 밝힌 후 종종걸음으로 사라졌다.

나는 신상명세서를 작성하는 경우 종교란은 늘 공란으로 남기지만, 절에 오면 절 공양을 드리고 교회나 성당에서는 두 손을 모으며 서낭당 돌 무더기에도 조약돌을 던져 넣는다.

칠갑산 정상에서의 새해 맞이. 건너편으로 계룡산 산자락 윤곽이 희미하게 드러난다

장곡사 풍광

절 위편 상대웅전 층계에 배낭을 벗어놓고 법당 안으로 들어가 부처님께 절 공양과 함께 지폐 한 장의 불전을 보시한다.

상대웅전에 모신 약사여래좌상藥師如來坐像 석조대좌石造臺座는 국보 58호로 지정되고, 그 옆에 금동여래金銅如來도 보물로 지정되어 있다는 표지판이 붙어 있었다. 벽면에 걸린 안내문을 통해 장곡사는 통일신라 때 창건된 유서 깊은 사찰이라는 것을 알게 된다.

나는 역사유물에 대한 남다른 관심을 지니고 있어 이미 그 시점에서도 삼국 토기를 수집하고 나름대로 그 방면에 안목도 있었다.

예정에 없던 장소에서 국보급의 역사유물을 보유한 유명사찰을 대하게 되는 행운을 맞게 된 나는 바닥에 깔린 ‘전돌’에 눈길이 닿자 더욱 흥분한다. 대부분의 사찰은 나무로 처리된 마룻바닥이지만 이곳 법당은 옹기제품의 바닥재인 사각 전돌이 깔려 있는 것이다. 문양이 새겨진 그것들은 색조와 형태로 보아 이 절의 창건 연대와 일치하는 삼국 시대 유물임에 틀림없다는 확신이 들었다.

이어 불상 뒤편 구석진 벽면 아래에 버려진 폐기물처럼 먼지를 쓰고 있는 검은 물체를 발견하고 다가섰다. 그것은 전돌이었다. 조각나고 금 간 것이 대부분이나 성한 것도 몇 개 섞여 있었다. 몇 십 년, 아니 몇 백 년 전 어느 시대, 법당을 수리하는 중창重刱 시에 쓰고 남는 바닥재를 모아 둔 것이라는 생각이 들었다. 그중에서 성한 전돌 한 개를 골라 들고 햇살이 드는 출입문 쪽으로 나왔다. 연꽃 문양이 여러 개 정교하게 각인된 30센티미터 정도의 사각 전돌은 국보인 석조대좌를 만든 그 시대 그 장인匠人에 의해 만들어졌을 수도 있다는 생각이 들 정도의 작품이었다.

나는 자신도 모르게 절 주변을 둘러보았다. 대웅전 문을 열어주고 요사채로 들어간 보살처녀는 다시 나타나지 않았고 사위는 죽은 듯이 정막에 잠겨 있었다. 이어 법당층계에 벗어놓은 배낭에 눈길을 보냈다. 이 정도 부피라면 전돌은 표 나지 않게 배낭에 넣을 수 있을 것 같았다.

순간 흥분해 있던 내 감정에 끼어드는 어떤 두려움에 전율이 느껴졌다. 나는 몸을 돌려세웠다. 그리고 들고 있던 전돌을 불상 뒤편 본래 있던 장소에 가져다 놓고 황급히 법당을 나섰다.

안개가 걷히고 햇볕이 드러나기 시작하였다. 새벽부터 산행을 한 터라 시장기가 느껴졌다. 산문을 벗어나 얼마쯤 내려오자 비어 있는 외딴 집 한 채가 있었고 옆으로는 작은 내가 흘렀다.

나는 냇가에 자리를 잡고 배낭에서 취사 장비를 꺼내 아침식사를 준비했다. 이번 산행 메뉴는 미리 준비한 소고기 한 덩이를 삶아 소금 찍어먹는 단순한 것이지만, 사찰 경내에서 고기냄새 피우며 속세의 음식을 만들 수 없어 멀찌감치 내려온 것이다.

우선 버너에 불을 피워 밥을 짓고 있는데, 인기척이 나서 고개를 들었다.

“주지스님이 오시래유……”

장곡사의 그 보살처녀가 와 있었다.

“아니, 어쩐 일로 날 오래지?”

나는 의아해서 물었다.

“암튼 빨리 모시고 오래유.”

처녀는 달려온 듯 숨찬 모습이었다.

"그렇다면……."

법당에서의 그 전돌이 떠올려지는 순간 울컥 부아가 치밀어 올라왔다.

"알았으니까 아침이나 먹고 올라간다고 가서 전해."

그러다가 내게 가해진 어떤 오해를 해명하기 위해서는 처녀를 먼저 보내서는 안 된다는 생각이 떠올라 얼른 덧붙여 다시 말했다.

"아니, 잠깐 기다려라. 함께 갈 테니까."

나는 식사준비 도구들을 서둘러서 거두었다. 그리고 배낭 안의 내용물을 처녀가 보란 듯이 모두 끄집어내서 다시 챙겨 넣었다.

산문에 들어서서 절 아래편에 자리 잡은 요사채 안쪽으로 돌아 들어가자 맨 위쪽 칸 방문에 이어진 툇마루가 나타났다.

"주지스님, 모셔 왔어유."

한옥 방문이 열리고 왜소한 체구의 40대 비구니스님이 모습을 보였다.

"저한테 무슨 하실 말씀이 있으신가요?"

내가 먼저 입을 열었다.

"추운데 안으로 드시지요."

주지스님은 마른얼굴에 안경을 낀 날카로운 인상이었으나 조용한 억양의 말씨는 의외로 부드러웠다. 그러나 나는 어서 이 부담스러운 자리를 벗어나고 싶었다.

"여기서 말씀하시면 안 될까요……."

그러자 스님은 잔잔한 미소를 떠올리며 입을 열었다.

"드릴 말씀이 있어 모신 게 아니구요, 아직 아침공양 안 드셨죠?"

"네에?"

뜻밖의 질문에 나는 반문하지 않을 수 없었다.

"소찬의 절 음식이지만 여분이 있어 모셔오라고 했어요."

나는 황망하였다. 그리고 도둑 제 발 저린다고 대웅전 연화문 전돌을 탐한 것으로 오인 받은 것으로 알고 보살처녀에게 화를 냈던 스스로가 몹시 민망스러웠다.

"자, 어서 이리 드시지요."

나는 어쩔 수 없이 스님의 권유대로 방안으로 들 수밖에 없었다. 재래식 온돌의 원형이 그대로 보존된 방안은 따뜻하고 안온한 느낌을 주었다.

스님은 미리 준비했던 보자기를 덮은 둥근 소반 상을 내 앞으로 옮겨놓고 밖으로 나갔다. 콩나물과 나물류 서너 가지가 곁들어진 절 음식이지만 맛있게 먹을 수 있었다. 이어 스님이 차 쟁반을 들고 들어왔다.

"너무 잘 먹었구, 감사합니다……."

내가 감격해서 이렇게 사의를 표하자 스님은 잔잔한 미소를 지으며 입을 열었다.

"오늘 경술년 첫날 손님이고 근 한 달 만에 우리 절을 찾은 첫 방문객이어서 보시를 해드리고 싶었습니다."

"아니, 이런 큰 절에 찾는 손님이 그렇게 없단 말씀입니까?"

1960년도 후반 칠갑산에서 장곡사 주지 정각스님과 함께

"부처님께서 공부하라고 소승을 이 절에 있게 하신 것 같아요……. 방문객도 적고 절 살림을 저애와 둘이서 모두 하다 보니 법당 문에 자물쇠를 채워두기도 한답니다……."

주지스님은 변명처럼 덧붙여 말했다.

"아, 그렇군요… 헌데 이 방은 너무도 따뜻하고 아늑합니다……. 온돌방이지요?"

"이곳이 가장 위쪽 방인데 저 아래편 방 부엌 아궁이에 나무로 불을 지피면 여기 윗방부터 덥혀지고, 일단 덥혀진 방은 이삼 일이나 난방이 그대로 유지된답니다."

"아 그래요?"

"이 온돌 놓은 선인의 지혜가 놀라워요."

"정말 놀랍군요……."

"그리고 오늘 거사님께서는요. 누구도 못한 기록을 내셨어요……."

"네에? 무슨……."

스님은 잠시 말문을 접고 먼저처럼 잔잔한 미소를 지으다가 말을 이었다.

"비구니중이 기거하는 요사채에는 외부인을 들이지 않아요……. 소승이 이 절에 머물며 수도를 해온 지도 꽤 오래 됩니다만, 오늘 처음으로……."

"아니 그럼 지가 그 무례의 기록을 낸 장본인이란 말씀입니까?"

"무례라뇨, 소승이 자초한 일인데……."

하면서 미소 짓던 스님의 모습은 지울 수 없던 기억으로 각인된다.

1968년 첫날 만남의 연을 맺은 그 스님의 법명은 정각正覺이다. 나는 그날의 연이 되어 이후 매년 한두 차례씩은 칠갑산 주변의 산행을 하게 되고, 면암 최익현의 동상제작으로 칠갑산에 정착한 박칠성(조각가) 씨와도 친교의 연을 맺게 되는 계기도 된다.

칠갑산 산문 입구 민박집 앞에 차를 세우고 도보로 장곡사를 향해 발을 옮기기 시작했다. 오후 네 시, 한 겨울 산골의 짧은 해는 능선 위에 걸리고 골짜기 밑으로는 산 그림자의 장막이 펼쳐지고 있었다. 서둘러 장곡사 경내로 들어서던 나는 절 위편 대웅전 지붕 위로 올려다 보이는 감나무에 눈길이 닿자 멈칫 발길을 세웠다.

잎이 떨어진 감나무 가지에는 짙은 오렌지색의 홍시감이 여러 개 그대로 매달려 있고, 건너편 능선 위로 잦아드는 태양빛을 받아 매혹적이고 선명한 색채를 드러내고 있었다. 짙게 그늘진 산자락이 배경이 되어서 더욱 과장되게 드러나는 붉은 홍시감은 고색창연한 대웅전 지붕과 조화가 이루어져 썩 어울리는 구도와 신비한 분위기를 연출하고 있어서 카메라에 몇 커트 담고 주차장까지 나와 차를 되돌렸다.

정각스님은 그 후에도 몇 년 더 장곡사에 머물다가 그곳에서 멀지 않은 부여의 다른 사찰로 옮겨갔고, 현재는 무량사 주지로 부임해 갔다고 해서 이번 여행길의 최종 목적지는 부여군 외산면 만수산 계곡에 있는 무량사로 잡은 것이다.

공주 쪽으로 대치 터널을 나오면 터널이 뚫리기 전 산허리를 넘나들던 구도로의 진입로가 나타나고 이 길을 따라 칠갑산 정상 근처에까지 올라오면 면암 최익현의 동상과 칠갑산장이 자리 잡고 있다.

조각가 박칠성 씨가 칠갑산에 산장을 짓고 이곳에 정착한 것은 내가 칠갑산을 처음 찾게 된 그 무렵이다. 1972년 겨울 그믐날 저녁, 당시만 해도 움막 같은 가건물이던 이곳에서 그 주인을 만나게 된다. 천성적인 유랑 길손임을 자처하는 박칠성 씨, 그는 이곳에 면암 최익현의 조각상을 제작하는 것을 계기로 정착해 살고 있었다.

땅거미가 질 무렵 산장에 도착하자 박칠성 씨는 나타날 줄 알았다며 멧돼지 불고기를 곁들인 주안상까지 차려놓고 나를 기다리고 있었다.

신정 첫날 새벽, 잠자리에서 일어나 창문의 커튼을 젖히니 일기예보에서 예상한 대로 눈이 내려 쌓여 있었다. 장구를 갖추고 산장을 나서 눈길을 헤치며 산을 올라갔다.

칠갑산 정상은 산장에서 3킬로미터쯤 되는 거리다. 날씨가 흐려 일출 광경은 볼 수 없었으나 새해 벽두를 눈 덮인 산정에서 맞이한다는 것도 뜻있는 일이라 여겨졌다.

산장에 내려와 자동차 바퀴에 스노체인을 부착한 후 무량사를 향해 출발했다.

청양읍에서 부여군 외산면으로 빠지는 산간지의 간선도로로 들어섰다. 많이 쌓인 눈은 아니었지만 운행 차량은 보이지 않았다. 어쨌든 스노체인으로 무장을 갖췄겠다, 남 다니지 않는 눈길을 달리는 맛도 괜찮았다.

차내를 울리는 슈베르트의 겨울 나그네는 돌고 돌아 또다시 성문 앞 우물가 보리수나무에 와 있었다.

나는 음악 볼륨을 줄이고 조심조심 차를 몰았다. 경사가 심하지 않은 눈길에서는 별 문제가 없었으나 무량사를 이십여 리 남겨놓은 거리에 위치한 가파른 고개 마루턱에 이르자 급기야 문제가 일어났다. 고개를 거의 다 올라와서는 굴곡진 커브길이 되어서 약간 속력을 늦춘 것이 문제였다. 차는 헛바퀴만 돌아갈 뿐 전혀 앞으로 나아가지 못했다.

한쪽은 낭떠러지인데다가 비좁고 비탈진 눈길이니 차를 돌릴 수도 없었다. 그래서 1킬로미터 가까이나 경사진 눈길을 후진으로 내려오자니 그 고역이 말이 아니었다. 차를 세워놓고 도보로 고개를 넘을 수도 없는 형편이고, 청양까지 되돌아 나가 부여읍으로 우회해서 갈 수밖에 없었다. 이 코스는 일부 비포장 구간인데다가 많이 돌아야 하는 거리이지만 가파른 고개가 없어 더 이상 장애는 발생하지 않았다.

무량사 진입로 주변은 눈이 녹지 않고 남아 있어서 심산의 겨울 풍경을 더욱 돋보이게 해줬다.

눈 쌓인 경사지의 길가를 따라서 내가 흐르고 있었다. 큰 바위가 돌출해 나와 굴곡진 괜찮은 지형이 나타나자 나는 차를 세우고 물가로 내려섰다. 내 표면의 대부분은 얼음으로 덮여 있었으나 물 흐름에 따라 얼지 않고 군데군데 드러나는 냇바닥이 투명하게 내려다 보였지만 물고기는 보이지 않았다.

문득 오래전 기억이 떠올랐다. 한겨울 어느 날 얼음으로 덮인 냇바닥을 큰 쇠망치로 내려쳐 물고기를 잡던 그 옛날 일이……. 때마침 주변에서 목침만 한 돌덩이 하나가 눈에 띄어 무심코 그것을 집어 들었다. 그리고 얼음 수면 위로 돌출한 바윗돌을 겨냥하며 힘껏 내려쳤다. 그러자 투명하던 냇바닥에 흙물이 일고 거기에 뒤섞여 물고기 한 마리가 떠오르는 게 아닌가…….

나는 팔을 걷어붙이고 찬물에 손을 넣어 그 물고기를 건져 올렸다. 한 뼘 정도 크기의 그것은 검푸른 등에 배가 불룩하게 튀어나온 중택이로 불리는 산천어였다. 겨울철 바위틈에 있다가 바윗돌에 가해지는 진동충격으로 기절해 떠오르는 물고기는 잠시 후면 되살아난다.

충남 부여군 외산면 만수산 자락에 들이앉은 무량사

무량사 풍경

그래서 나는 이 물고기를 얼른 냇물 속에 다시 넣었다. 그러나 물고기는 냇바닥에 가라앉아 미동도 하지 않았다. 그래서 억새줄기를 꺾어 주변을 뒤적이기도 하고 깊은 곳으로 밀어 넣어 보기도 했으나 끝내 그 물고기를 살려내지 못하고 새해 첫날부터 무고한 살생에 씁쓸한 기분이 되어 자리를 뜰 수밖에 없었다.

무량사는 부여군과 서천 보령군 지역을 갈라놓은 차령산맥 줄기가 그치는 만수산 아래에 자리 잡은 절로, 규모로는 장곡사를 훨씬 능가한다. 절에 당도해서 대웅전 부처님께 절 공양을 올리고, 한산한 사찰 경내의 모습을 몇 커트 카메라에 담은 후, 대웅전 왼편 아래쪽으로 비켜 앉은 요사채로 향했다.

이곳에서 멀지않은 암자인 도솔암은 정각스님이 장곡사에서 옮겨온 곳으로 두어 차례 와 본적이 있었지만, 근래 그가 주지로 부임했다는 무량사는 첫 방문길이다.

나는 절 아래편으로 떨어져 있는 요사채로 향해 걸음을 옮겼다. 이 때 난데없이 토종개 세 마리가 떼 지어 나타나 내 뒤를 따라오며 짖어대기 시작했다. 설마 절에서 기르는 개는 아닐 테고 동네 개가 예까지 왔나 생각하며 도망치듯 빠른 걸음으로 요사채 대문 안으로 들어서서 주지스님을 찾았다. 그러나 방문이 열리고 모습을 보인 것은 젊은 남자 비구승 이었다.

"주지스님은 부여에 나가셨는데요."

"여기 무량사에는 비구승도 계십니까?"

내가 의아해서 질문을 던지자,

"아닙니다. 소승은 명찰을 순례하는 객승으로 며칠 유하고 있어요."

이때였다. 문 밖에서 계속 짖어대던 개 한마리가 안으로 들어와 비구승과 이야기를 나누고 있는 나의 뒤쪽 다리 종아리를 물어뜯었다. 나는 깜짝 놀라 그 개를 쫓아내며 대문 밖으로 나왔다. 물리는 순간 뜨끔하긴 했지만 크게 다친 것 같지는 않아서 그 객승과 작별을 하고 산문 밖으로 나왔다.

차를 세워둔 주차장까지 와서 개에게 물린 뒷 종아리에 이상한 감촉이 느껴져 등산화를 벗고 스타킹을 벗겨내는 순간 내복 바짓가랑이 아래쪽이 피로 붉게 젖어 있는 것을 발견하였다. 피를 보자 나는 분노가 치밀어 올라왔다. 자동차트렁크에서 등산피켓을 찾아들고 다시 요사채 쪽으로 달려 올라갔다. 내가 나타나자 다시 개들이 몰려와 짖어댔다. 그러나 한껏 분노해있던 나는 두렵고 겁날 것이 없었다. 내 기세에 놀랐는지 개들은 꽁무니 빼고 달아나기 시작했다. 쫓긴 개들이 계곡 관목 숲으로 잠적하자 돌을 주워 그쪽으로 던지고 있는데, 요사채에서 객승이 나와 놀란 모습으로 말을 건넸다.

"아니 왜 그러십니까?"

"절에서 개새끼를 키우는 건 뭐구, 사나운 개가 있으면 미리 주의를 주었어야지, 이럴 수 있어요!"

도망친 개 대신 그에게 분풀이를 해대기 시작했다.

무량사에서 2킬로미터쯤 내려오면 부여군 외산면 소재지에 이른다. 출혈도 멎고 통증도 가셨으나 얼마 전 신문에서 읽은 광견병 관련 기사가 떠올라 우선 병원부터 찾았다.

이 지역 유일의 양병원이라는 연희의원은 소재지 한가운데 길가를 면하고 있어서 쉽게 눈에 띄었다. 오래된 단층 건물의 병원 안으로 들어서자 돋보기 안경을 쓰고 신문을 읽고 있던 의사가 나를 맞았다. 나이 들어

보이는 그가 내 바지가랑이를 걷어 올리고 환부를 살폈다.

　"고 개란 녀석 깊이 물지는 않았는데 하필이면 힘줄을 다쳐놨네요. 출혈은 좀 있었지만 별일 없겠어요."

　"광견병이 걱정되어서 왔습니다."

　"광견병, 무서운 병이지요. 헌디 내가 홍산 충화 부여에서만 삼십 년이나 의원일을 해왔지만 광견병환자는 여직 한 명도 치료를 못 해 봤구먼요 허허……."

　충청도 억양에 나이 들어 보이는 그는 의사라기보다는 마음씨 좋은 동네 할아버지 같은 그런 인상이었다.

　"그란디 워디서 뉘 집개가 이리 몹쓸 짓을 했답니까?"

　"절에서 물렸습니다."

"절? 무량사에서 말입니까?"

"그렇습니다. 절에서 사나운 개를 기른다는 게 말이 됩니까?"

나는 다시 화가 치밀어 올라왔다.

"무량사에 개를 둔 것은 그 이유가 있답니다."

"이유가 있다뇨?"

"신문에도 나고 했는데 모르셨습니까?"

"신문에 나요?"

"강도를 당하는 난리가 났지 뭡니까."

"아니 강도를 당해요?"

나는 깜짝 놀라 되물었다.

"무량사에 강도가 들어 소형 불상을 훔쳐갔어요."

"네? …… 그럼 스님들은 무사했습니까?"

"스님들을 결박지어 묶어놓고 강도짓을 해갔지만, 다행히 다친 데는 없었구먼요……."

"무량사 주지가 정각스님이시죠?"

"맞아요. 정각이 무량사에 주지로 온 건 얼마 안 되지만 청양 부여 이 고장에서만 승려생활을 해온 괜찮은 스님이지요. 여자 중 둘이서 그 큰 절을 관리해 오다가 그 곤경을 겪었는데 경비견도 필요치 않겠어요? 헌디 여직 그런 일이 없었구먼, 고놈들이 하필이면 손님에게 이런 실수를 저지르다니……. 그 견공 녀석들이 잠시 실성을 했나 봅니다 허허……."

의사의 이야기를 들으면서 개에 물리고 객승에게 분풀이를 해댄 자신의 처사가 부끄러웠고 의사를 마주하고 있는 것도 쑥스럽다는 생각이 일었다.

의사가 벽시계에 눈길을 보내며 계속 말을 이었다.

"정각스님이 올 시간이 됐는데……."

"스님이 오시다뇨?"

"우리 집 내자랑 부여에 장보러 갔구먼요. 상처는 문제될 게 없겠구요, 견공의 실수를 스님을 대신해 내가 우선 사과드립니다 허허……."

치료를 마무리한 의사가 다시 말미에 웃음을 달았다. 그때 나는 좀 전 무량사 진입로 변 냇가에서 무고한 물고기의 살생을 하고 맛보았던 그 씁쓸한 기분이 다시 되살아났다. 그리고 오늘 그 개가 나에게 가한 충격은 제 할 바를 다하지 못하고 방황하는 나를 일깨우기 위한 경고의 조짐일수도 있다는 생각이 문득 일었다. 이어 오늘일이 정각스님에게 알려져서는 안 된다고 생각했다. 나는 서둘러 치료비를 지불하고 그에게 당부하였다.

"의사선생님, 저 부탁드릴 청이 있습니다."

"청이라뇨?"

그가 의아한 표정으로 건너다보았다.

"오늘 내가 개에게 물리고 치료받은 일을 주지스님께 말씀드리지 말라는 부탁입니다."

"네에?"

"저의 부탁 꼭 들어 주십시오. 감사합니다. 안녕히 계십시오."

나는 서둘러 병원을 나섰다. 그리고 보령 서해안 쪽을 향해 차를 달려 귀경길에 올랐다.

지난밤의 눈구름을 몰아내고 밝은 햇살이 대지에 가득 쏟아져 내리고 있었다. 차령산맥의 서남단 만수산 자락의 계곡을 끼고 이어진 도로 양안에 선 억새풀이 투명하고 짙은 황색을 드러냈다.

나는 엔진이 걸리면 자동으로 작동하게 해놓은 카스테레오의 볼륨을 높였다. 슈베르트의 겨울나그네는 '얼어버린 마음'을 토해내고 있었다.

'나는 눈 속에서 찾아 헤맨다…….'

헤어진 연인과 거닐던 얼어붙은 벌판에 나와 눈물을 뿌려 대지를 녹여낸다는 가사의 노래를 들으면서 나 역시 쌓여만 가는 어둡고 차가운 마음이 조금은 녹아지는 개운함이 느껴졌다.